한글자

한글자

2014년 08월 01일 초판 01쇄 발행
2024년 01월 10일 초판 25쇄 발행

지은이 정철
일러스트 어진선 표지 사진 Getty Images/멀티비츠

발행인 이규상 편집인 임현숙

펴낸곳 (주)백도씨
출판등록 제2012-000170호(2007년 6월 22일)
주소 03044 서울시 종로구 효자로7길 23, 3층(통의동 7-33)
전화 02 3443 0311(편집) 02 3012 0117(마케팅) 팩스 02 3012 3010
이메일 book@100doci.com(편집·원고 투고) valva@100doci.com(유통·사업 제휴)
블로그 blog.naver.com/h_bird 인스타그램 @100doci

ISBN 978-89-6833-032-2 03810

소중한 것은 한 글자로 되어 있다

한글자

카피라이터 정철 지음

허밍버드
Hummingbird

"길게 말하지 마세요,
한 글자면 충분합니다."

먼 옛날. 사람들이 의사소통이라는 것을 처음 시작할 땐 적지 않은 오해와 혼란이 있었을 것입니다. 별을 따 달라고 했는데 꽃을 따 온다거나, 물 마시고 싶다는 사람에게 밥을 차려 준다거나.

이런 오해와 혼란을 막고자 사물이나 현상에 이름을 붙이기 시작했을 것입니다. 그때 가장 먼저 이름을 얻은 것은 어떤 것들이었을까요? 사람에게 가장 소중한 것, 가장 가까운 것들이었을 것입니다. 그리고 그 이름은 대부분 한 글자였을 것입니다.

꿈, 별, 꽃, 밥, 물, 봄, 집, 나, 힘…….

한 글자 이름이 동난 후에 두 글자, 그다음에 세 글자 이름을 붙였겠지요. 그러니 한 글자로 된 말의 의미만 잘 살펴도 인생에서 가장 먼저 알아야 할 가치나 가르침을 알 수 있지 않을까요?

한 글자 말을 추렸습니다. 하나하나 손바닥 위에 올려놓고 들여다봤습니다. 글자 하나에서 생각 하나를 끄집어냈습니다. 마음 하나를 끄집어냈습니다. 그것을 이렇게 책으로 엮었습니다.

지금 당신이 **손**이라는 한 글자로 들고, **눈**이라는 한 글자로 보고 있는 이 '한 글자'라는 제목의 책이 당신을 많이 위로하고 응원하고 미소 짓게 했으면 좋겠다는 것이 **나**라는 한 글자의 바람입니다.

이 책은 한 글자로 된 말에 대한 단상을 모은 책입니다.
짧은 글 모음이라 해도 좋고 짧은 문학이라 이름 붙여도 좋습니다. 빨리 읽겠다 마음먹고 읽기 시작하면 한두 시간이면 다 읽을 수도 있습니다. 최악의 방법입니다.

이 책에 실린 글 하나하나는 서로 연관이 없습니다. 책 전체가 하나의 흐름을 갖고 정해진 목적지를 향해 달려가지도 않습니다. 그러니 후다닥 읽어 버리면 머리에 가슴에 남는 게 하나도 없을지 모릅니다.

부탁입니다. 느려 터져 주십시오.
5초에 읽을 수 있는 글을 5분에 읽어 주십시오. 하루에 손가락으로 꼽을 만큼씩만 토막 내서 읽어 주십시오. 작가가 활자화하지 않고 행간에 넣어 둔 이야기를 당신이 꺼내서 읽어 주십시오.

맞습니다. 별걸 다 간섭합니다.
하지만 당신이 이 책을 골랐다는 건 정철이라는 사람의 얘기를 들어 보겠다, 들어 주겠다는 뜻일 것입니다. 그 사람이 드리는 첫 부탁입니다. 못 들은 척하지 않을 거라 믿습니다.

자, 이제 느림보가 되는 겁니다.

4. 조금은 삐딱한 시선

5. 나, 괜찮은 걸까

6. 자, 이제 헐렁한 셔츠를 입고

인생에 대한 예의

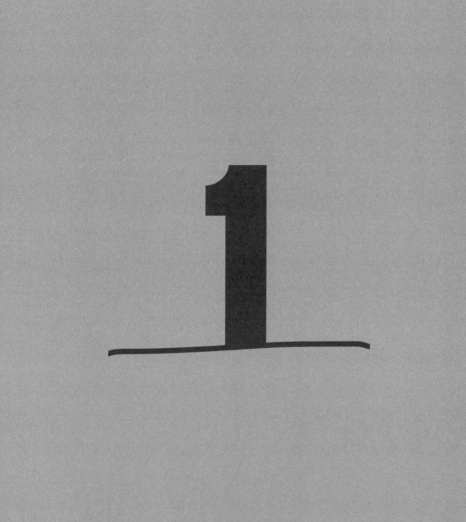

뒤

내가 외롭지 않다고 착각하는 건
내 뒷모습을 본 적이 없기 때문이다.

옷

옷이라는 글자, 사람을 닮았다.

머리와 목,
두 팔에 두 다리까지.

그런데
가슴이 없다.

가슴이 없는 사람은 옷이다.

사람이 아니라 그냥 옷이
길거리를 걸어 다니는 것이다.

산

산의 매력.
정상이 있어 도전 의욕을 갖게 한다.

바다의 매력.
정상이 없어 욕심을 내려놓게 한다.

당신의 매력.
때론 산을 때론 바다를 찾을 줄 안다.

꽃은 아름다움을 가르쳐 주는 게 아니라
아름다움은 오래 가지 않는다는 것을 가르쳐 준다.

연

하늘의 높이를 재는 기구.

우주선처럼 너무 빨리 달려 하늘에 구멍을 내는 일이 없도록 오늘도 조심조심 날아오르며 측정 중. 현재까지 확인된 높이는, 꽤 높다. 그것을 알아낸 자신이 대견하다는 듯 꼬리를 흔들며 행복해한다.

천천히 가야 가는 길 곳곳에 놓인 행복이 보인다. 행복은 도달이나 도착이 아니라 도약과 도전을 즐기는 것이다.

씨와 열매 사이에는 세월이 있다.
그것은 비, 바람, 곤충의 습격을 견디는 시간.

어떤 씨도 세월을 생략할 수 없다.
당신, 김영선 씨도.

봄

봄에게 배울 점. 그것은 햇볕을 초대하는 능력도 아니고, 시냇물을 다시 흐르게 하는 능력도 아니고, 새싹을 틔우는 능력도 아니고, 개구리를 뛰어나오게 하는 능력도 아니다.

봄에게 배울 점은 딱 하나, 뛰어난 위치 선정이다. 겨울 다음이라는 위치 선정이다. 추운 겨울이 없었다면 봄은 누구도 기다리지 않는 평범한 계절이었을 것이다. 내 능력을 키우는 일만큼 중요한 일이 내 능력을 보여 줄 수 있는 곳에 나를 데리고 가는 일이다.

첫
죽음은
없다.

잘
죽어야
한다.

키가
노력이라면
팔은
간절함이다

목표가 190cm 높이에 있고
키가 160cm라면
목표에 닿을 수 없는가.

있다.

우리에겐
팔이 있기 때문이다.

살면서 놓친 것,
그냥 지나친 것,
포기한 것들의 대부분은
팔을 뻗지 않아 인연을 맺지 못한 것들이다.

키가 능력이라면
팔은 간절함이다.

답

인생 시험, 어려운가?

정답은 늘 만족이다.
문제는 늘 당신이다.

것

그것보다
이것이 소중하다.

A

에이,
생긴 걸 보면 알지.

위로 치솟겠다는 의지가 누구보다 강해
맨 앞자리를 차지할 수 있었던 거야.

에이,
그뿐만은 아니지.

치솟겠다는 의지가 뜬구름이 되지 않도록
두 다리는 땅을 딛고 있다는 사실.

돈

남들이 돈 벌었다는 길을 뒤따라간다.

다 주워 가고 없다.

쉽게 결정하지 못하는 허우적.
결정하고도 시작하지 못하는 뭉그적.
시작한 후에도 자꾸 뒤돌아보는 흐느적.

허우적.
뭉그적.
흐느적.

내 안에 살고 있는
내가 이겨 내야 하는 인생 3적.

일

**일에 프로가 되지 않으면
일의 포로가 된다.**

신

백발에 하얗게 수염을 기른 신이 나를 찾아와, 스무 살로 돌아가게 해 준다고 하면 어떻게 해야 할까. 고맙다고 깍듯이 인사한 후에 거절해야겠지. 살아 본 나이를 또 사는 건 재미가 덜할 테니까. 스무 살은 알 수 없는 소중한 가치가 지금 내 나이에도 있을 테니까.

인생은 한 순간 한 순간 끝까지 소중하다는 사실을 잊지 말아야지. 뭐든 다 할 수 있는 신의 모습이 스무 살이 아닌 이유를 눈치채야지.

섬

섬이 외로워 보이는 건 하루 종일 육지만 바라보기 때문
이다. 육지만 바라보느라 자신의 품에서도 꽃이 피고 새가
울고 물이 흐른다는 것을 느끼지 못하기 때문이다.

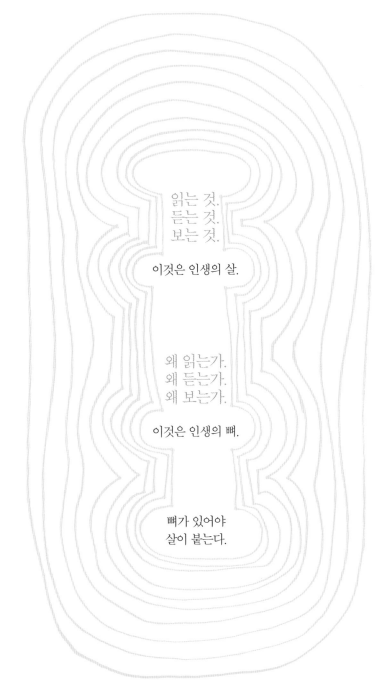

읽는 것.
듣는 것.
보는 것.

이것은 인생의 살.

왜 읽는가.
왜 듣는가.
왜 보는가.

이것은 인생의 뼈.

뼈가 있어야
살이 붙는다.

공

탁구공아, 몸집이 작다고 움츠러들지 마라. 덩치는 아무것도 아니란다. 상처 꿰맨 자국이 울퉁불퉁 남아 있는 야구공. 가슴에 구멍이 세 개씩이나 뚫린 볼링공. 이놈 저놈의 발에 차여 늘 흙투성이인 축구공. 공이라 부르기 미안할 정도로 얼굴이 뒤틀어져 버린 럭비공.
어때, 작지만 깨끗한 네 얼굴이 자랑스럽지 않니? 조금은 힘이 나지 않니?

몸집이 클수록 상처도 크고
능력이 클수록 고민도 크고
곳간이 클수록 외로움도 큰 거란다.

큰방이 큰방인 것은
곁에 작은방이 있기 때문이다.

작은방이 사라지는 순간
큰방은 단칸방이 된다.

쿨

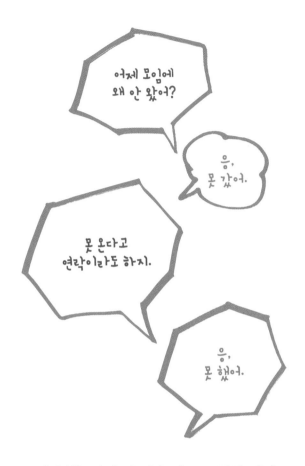

어이없는 웃음이 나올 정도로 쿨한 대답.

어쩌면 우리는 별 소용도 없는 변명과 핑계를 마련하는 데
너무 많은 인생을 지불하고 있는지 모른다.

불면증은 낮에 치료해야 한다.

오늘, 움직였는가?

벼

벼는 익을수록 고개를 숙이고

사람은 읽을수록 고개를 숙인다.

삶

삶은 한 장의 풍경화. 산이 있고 나무가 있고 물이 <u>흐르</u>는 풍경화. 해가 뜨고 해가 지고 달이 뜨는 풍경화. 때론 비가 오고 **눈이 오고** 바람이 부는 풍경화. 어디서나 흔히 볼 수 있는 그저 그런 풍**경화.** 시시하고 지루하고 하품 나오는 풍경화. 그런데 잘 살펴보면 조금은 **특별한 풍경화.** 그림 속 어딘가에 내가 등장하는 풍경화. 그러니까 풍경화 속에 **자화**상이 들어 있는 풍경화. 자화상이니까 내 손으로 그려야 하는 풍경화. 하루에 점 하나라도 찍어야 하는 풍경화. 붓이 없으면 손에라도 물감을 묻혀야 하는 풍경화. 먼지가 쌓이면 안 되는 풍경화. 먼지 대신 세월을 쌓아야 하는 풍경화. 세월이 쌓이면 깊이가 쌓이는 풍경화. 깊이가 쌓이면 쉽게 탈색되지 않는 풍경화. 남의 집에 걸어 놓을 수 없는 풍경화. 남에게 보여 주는 일에 정신 팔리면 안 되는 풍경화. 처음부터 끝까지 남에게 다 보여줄 수도 없는 풍경화. 남에게 같이 그리자고 조를 수도 없는 풍경화. 누구나 딱 한 장씩만 그려야 하는 풍경화. 처음부터 다시 그리겠다고 떼를 쓰면 안 되는 풍경. 하지만 실수나 실패가 얼마든지 허용되는 풍경화. 잘못 그은 선, 잘못 칠한 색도 그 위에 덧칠을 하면 다 용서가 되는 풍경화. 등을 돌리지 않는 풍경화. 기다려 주는 풍경화. 그러니 쉽게 찢어서도 안 되고 마지막 순간까지 붓을 놓아서도 안 되는 풍경화. 다 그리고 나면 누구나 '그리 나쁘지 않았던 여행'이라는 똑같은 제목을 붙이는 길고 긴 풍경화.

제목: 삶(Life)

겁

진짜 겁나는 건
노력 없이 덜컥 성공해 버리는 것.

노력한 실패에겐
박수를.

노력 없는 성공에겐
걱정과 위로를.

헛

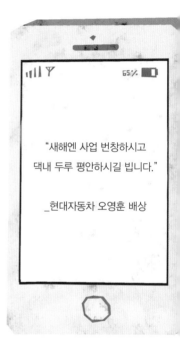

"새해엔 사업 번창하시고
댁내 두루 평안하시길 빕니다."

_현대자동차 오영훈 배상

헛인사.
헛수고.
단체 문자 그만.

모두에게 하는 말은
누구에게도 들리지 않는다.

꿈

거미줄에 걸려 말라 죽은 나비에게
꿈을 물어보면 대답이 없다.

꿈꾸지 않는다.
죽었다.

같은 뜻.

똥

새우깡으로 갈매기를 유혹하려면
머리에 새똥 맞는 것을 두려워해서는 안 된다.

활

활을 쏜 후에는 몸을 쓰지 마라.

효과가 없어서가 아니다.

당신의 시선이 꽂혀야 할 곳은
날아간 화살이 아니라
다음 화살이기 때문이다.

칼

낭비란
비싼 칼을 사는 게 아니라
비싼 칼을 사서
칼집 속에 가둬 두는 것이다.

가격은
파는 사람 마음이지만

가치는
사는 사람에 의해 다시 매겨진다.

남자가 또 입을 열었다. 내가 삼각 김밥 까먹는 법 가르쳐 줄게. 자, 여기 위쪽 가운데에 뜯는 곳 있지? 이걸 잡고 아래로 쭉 당겨서 뒤쪽까지 뜯어내는 거야. 너무 힘주지 말고 천천히 부드럽게. 그러면 모세의 기적처럼 한가운데 길이 나게 되어 있어. 양쪽 비닐 포장만 남는 거지. 이제 오른쪽 비닐 뜯어내고 이어서 왼쪽 뜯어내고. 그럼 끝이야. 왼쪽부터 뜯고 싶으면 그렇게 해도 돼. 어때, 쉽지? 비닐에 김 빼앗기고 울상 짓는 사람들 봤지? 너무 한심해. 어쩜 이 쉬운 거 하나 제대로 못하니? 남자의 입만 바라보던 여자가 한마디 한다. 넌 어쩜 그렇게 말이 많니. 하고 싶은 말의 절반만 입 밖으로 내보내라 그랬잖아. 남자가 기어들어 가는 목소리로 대답한다. 그래서 삼각 김밥의 유래하고 유통기한 확인하는 법은 참았는데……. 두 사람의 대화가 생각보다 길어지자 이 글을 쓰고 있던 내가 참견한다. 말을 많이 하지 말자는 말을 하려고 이 글을 쓰기 시작했는데, 지금 나는 이 책에 실린 글 통틀어 가장 긴 글을 쓰고 있으니, 하고 싶은 말을 반토막 내는 건 정말 힘든 일인 것 같네요. 이때 독자 한 분이, 어차피 길어진 글 하면서 끼어든다. 말을 짧게 하는 건 좋은데 이 책에 실린 글 대부분이 아주 짧은 글이라, 책 사 보는 입장에선 왠지 손해 보는 느낌이 들어요. 그래서 글자 수에 따라 책값을 매기면 조금은 덜 억울하지 않을까 하는 생각도 해 봤어요. 책값 이야기가 나오자 이 책을 펴낸 출판사 대표가 슬그머니 끼어든다. 삼각 김밥은 금방 똥이 되어 사라지지만, 책은 두고두고 마음에 밥이 되는 것이니 책값에 너무 민감해서는 안 된다고 생각해요. 더구나 글자 수에 따라 책값을 매긴다면 짧은 글 좀 쓴다는 정철이라는 작가는 삼각 김밥 사 먹을 돈도 없어 굶어 죽거나, 아니면 글을 질질 늘여 쓰는 방법을 택할 게 분명한데, 그건 독자인 당신에게도 지루한 책 하나가 더 생긴다는 뜻이니 득이 될 게 없지 않겠어요? 편의점에서 데이트하다 느닷없이 끼어든 이방인들의 말, 말, 말에 당황한 여자는 남자가 이방인들의 말을 되받을세라 삼각 김밥을 통째로 남자의 입에 욱여넣었고, 적게 말하고 많이 듣자는 주제를 이미 놓쳐 버린 나는 글을 어떻게 마무리해야 할지 몰라 난감해하고.

1

남을 이기면 일등이 되고
나를 이기면 일류가 된다.

머리에 뿔 난 착한 송아지는
기껏해야 한 근에 5만 원이지만

엉덩이에 뿔 난 못된 송아지는
부르는 게 값이다.

다름이 가치다.

내겐 어떤 다름이 삐죽 솟아 있는지
온몸 구석구석 더듬어 볼 것.

노

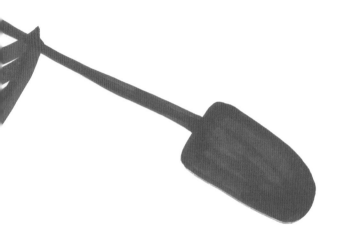

앞으로 나아가려면 노를 저어야 한다.
노를 들고 바다 위에 수없이 NO라고 써야 한다.

당연과 상식을 거부하는 사람만이
앞으로 나아갈 수 있다.

콩 심은 데 콩 나고
팥 심은 데 팥 나고
안 심은 데 안 난다.

기적을 기대하는 사람들이
가장 많이 심는 것은

**콩이나 팥이 아니라
안이다.**

돼

돼지는 목이 뎅강 잘려 고사상에 올라도
만 원짜리 서너 장만 입에 물려 주면 씩 웃는다.

돼지의 원래 이름은
"되지!"라는 긍정이었을 것이다.

앞자리에 목숨 걸지 마라.

자동차 뒷좌석에 앉는다고
목적지에 늦게 도착하는 건 아니다.

혁

당신은 욕심이 많다. 욕심이 많으니 근심도 많다. 당신이 지금 끌어안고 있는 욕심과 근심을 한꺼번에 내려놓는 방법이 있다. 그것은 내가 당신에게 말 한마디를 던지는 것이다. 그 말을 듣는 순간 당신은 욕심과 근심에서 해방될 수 있다. 물론 당신은 이 말을 들은 적이 있다. 하루하루 사는 게 바빠 까맣게 잊어버렸겠지. 어떤가? 내 말을 들을 생각이 있는가? 있는 것으로 알고 하겠다.

당신은 죽는다.

반

시작이 반이다.

나머지 반은 시작한 일을 끝까지
해낼 수 있을까 하는 의심을 끝내는 것이다.

저지르는 게 반,
믿는 게 반이다.

낫

낫 놓고 기역 자 몰라도 되니까
낫이 보이면 물음표부터 떠올릴 것.

WHY NOT?
'왜 안 돼?'라고 물을 것.

해 보지도 않고 안 된다는 생각은
낫으로 싹둑 잘라 버릴 것.

그곳보다
이곳이 소중하다.

'어? 이거 앞에서 본 글인데 왜 또 나왔지?'
이렇게 묻는다면 당신은 지금 책을 제대로 읽고 있는 것이다. 책에 인쇄된 글자를 읽는 게 아니라 글의 뜻을 읽고 있는 것이다. 앞서 나온 글의 제목은 '곳'이 아니라 '것'이었다. 다른 글이지만 같은 의미다. 반복해서 강조하려고 일란성쌍둥이 같은 글을 또 실었다. 당신의 깊은 독서에 박수를 보낸다.

탑

탑은,
만든다고
하지
않고
쌓는다고
한다.
노력
위에
노력을,
정성
위에
정성을
쌓아야
탑이
솟는다.

Top도 그렇다.

늘

흔들리는 건 당신의 눈이다.
활시위를 당기는 손이다.
명중할 수 있을까 의심하는 마음이다.

과녁은 늘 그 자리에 있다.

잔에 따른 포도주를 욕심내지 마세요. 병에서 잔으로 자리를 옮겼다는 것
은 이미 마실 사람이 정해졌다는 뜻입니다. 그는 포도주를 가져왔거나,
코르크 마개를 열었거나, 잔을 닦았거나, 포도주를 잔에 따랐거나, 안주
를 준비한 사람일 것입니다.

당신이 한 일은 없습니다.
당신이 할 일은 있습니다.

이제라도 포도밭으로 가는 일입니다.

띠

하느님은 열두 동물을 모아 놓고 단 한 번의 경주로 띠의 순서를 정하겠다고 했다. 쥐가 가장 빨랐고 돼지가 가장 늦었다. 그래서 돼지띠가 맨 뒤로 밀려났다. 하지만 돼지는 실망하지 않았다. 열두 번째 위치에서 묵묵히 걸었다. 한참을 걷다 뒤를 돌아보니, 쥐가 땀 뻘뻘 흘리며 따라오고 있었다.

누군가를 앞지르지 않아도, 내 자리만 잘 지켜도 인생은 충분히 의미 있다는 것을 가르쳐 주자. 이것이 열두 동물을 불러 모은 하느님의 뜻. 돼지도 알아차린 하느님의 깊은 뜻.

늪은
호수가 되려다 실패한 물이 아니라
호수가 되려는 꿈을 포기한 물이다.

실패엔 다음이 있다.
포기엔 다음이 없다.

덫

쥐덫에 살쾡이가 자꾸 걸린다고 투덜대지 말 것.

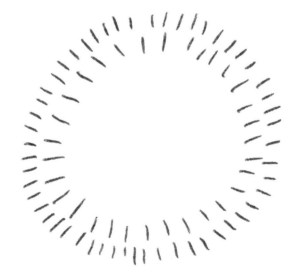

당신은 무려 살쾡이 쉽게 잡는 법을 발견한 것이니까.

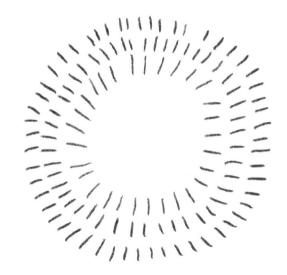

겨울 하루살이에게
인생을 물으면 이렇게 대답한다.

"춥다."

여름 하루살이에게
인생을 물으면 이렇게 대답한다.

"덥다."

하지만 사계절을 다 살아 본 우리는
늘 자신 없는 목소리로 이렇게 대답한다.

"인생, 잘 모르겠다."

생각은 왜 그렇게 많은지.
확신은 왜 그렇게 없는지.

당신도 나도
잠깐 퍼덕거리다 가는 하루살이인데.

사람은 명사가 아니리

동사

2

가

가, 라고 말하면
나, 혼자 남는다.
다, 안고 가야지.

사람이 무릎 꿇고 앉은 모습이다. 고개도 살짝 숙였다. 겸손이다. 늘 머리를 꼿꼿이 세우고 사는 1이 갖지 못한 좋은 심성이다.

바닥에 길게 몸을 붙이고 있다. 안정이다. 늘 다리 하나로 서 있어 언제 쓰러질지 모르는 1이 갖지 못한 좋은 자세다.

꼭 1이어야 할 이유는 없다.
한 걸음만 뒤로, 조금만 더 천천히.

약

약은 약사에게.

아니,
약은 약자에게.

숲을 보려면
숲을 보지 마세요.

숲을 보지 말고
나무 하나하나를 보세요.
나무 하나하나의 사연을 더한 것이 숲입니다.

사람들을 알고 싶으면
사람들을 만나지 마세요.

사람들을 만나지 말고
한 사람 한 사람을 만나세요.

철

아빠를 아버지라고
부를 때부터 철이 드는 게 아니다.

아버지를 다시 아빠라고
부르고 싶은 순간부터 철이 든다.

컵

여럿이 둘러앉아 컵라면을 먹는다.
물을 붓고 기다리는 시간.
이야기꽃이 핀다. 웃음꽃이 핀다. 뚜껑을 연다. 맛있다.
조금 불어도 맛있다. 김치가 없어도 그냥 맛있다.

하지만 혼자 먹는 컵라면은 외롭다. 지루하다. 맛도 없다.

같은 컵라면인데 왜 맛이 다를까.
반찬의 차이다.
사람을 앞에 두고 먹는 컵라면은 조금도 초라하지 않다.
나는 너에게, 너는 나에게
참 좋은 반찬이다.

과

사람과 사람 사이에는 과가 있다.

과한 욕심.
과한 기대.
과한 허세.

두 사람이 한 사람이 되려면
둘 사이에 놓인 과를 치워야 한다.

이 책의 가장 큰 흠.

사랑,
감사,
배려,
믿음,
희망,
위로.

이런 따뜻한 두 글자 제목을 붙일 수 없다는 것.

남을 잘 웃기는 사람 곁에 열이 모인다면
남의 말에 하하 잘 웃어 주는 사람 곁엔 스물이 모인다.

배려가 가면
사람이 온다.

귀

우리말 어원 공부.

남의 말을 흘려듣는 귀를 일컫는 말, 귀찮다.
남의 말을 소중히 듣는 귀를 일컫는 말, 귀하다.
남의 말을 따라하며 듣는 귀를 일컫는 말, 귀엽다.
남의 말을 아예 듣지 않는 귀를 일컫는 말, 귀 없다.

코트 깃을 한껏 올리면 외로워 보인다.

코트 깃은 내 손으로 올린다.

외로운 사람은 스스로 외로움을 선택한 사람이다.

효

수천 년 전에도
효도하는 법은 하나뿐이었다.

수만 년 후에도
효도하는 법은 하나뿐일 것이다.

살아 계실 때 한다.

문장 맨 끝에 붙이는 글자.

너랑 나눠 갖다.
너랑 나눠 먹다.

그러나 앞뒤 분간 못 하는 바보들은
이를 자꾸 맨 앞에 붙이려 한다.

다 가져야겠어.
다 먹어야겠어.

나이가 들면 귀가 어두워진다.

한 살이라도 젊을 때
부지런히 남의 말을 들으라는 뜻이다.

뒤늦게 보청기를 찾는 사람들이 있다지만,

그땐 아무리 귀한 말을 들어도
그것을 인생에 적용할 시간이 부족하다.

삐

"연결이 되지 않아
삐 소리 후 소리샘으로 연결되며
통화료가 부과됩니다."

사람은 연결하지 못하는 놈이 소리샘 연결은 너무 민첩하다. 연결되지 않
은 아쉬움 달랠 시간은 줘야 하는 게 아닐까.

별을 보려면 하늘을 보지 마세요. 땅을 보세요. 당신의 발끝 1cm 앞을 보세요. 그래요. 그곳이 별이에요. 당신도 별에 살지요. 너무 가까워 잘 보이지 않는 지구라는 아름다운 별에 살지요. 우리의 눈은 지독한 원시. 가까이에 있는 아름다움은 오히려 잘 보지 못하지요. 가까이에 있는 사람도. 가까이에 있는 행복도.

젖

세상에서 가장 아름다운 그림은
아기에게 젖을 물린 엄마의 모습.

그다음 아름다운 그림은
엄마 젖을 물고 잠든 아기의 모습.

딸

당신의 딸도,

정말
충격
적인
얘기
지만,
믿어
지지
않겠
지만,
안타
깝고
안됐
지만,

할머니가 된다.

지하철역 입구에서 전단지를 나눠 주는 할머니의 수줍은 손을 피하지 않아야 하는 이유. 에스컬레이터 왼쪽에 서서 당신의 바쁜 걸음을 막는 할머니의 굽은 등에 짜증 내지 않아야 하는 이유.

주위 사람들 모조리 가위로 싹둑싹둑 자르고 혼자 우위에 서려는 행위가 계속되면 지위는 조금 오르겠지만 사람들의 비위를 건드려 너 따위와 함께할 수 없다는 분노에 포위되어 결국 추위에 혼자 떨게 된다네. 경위야 어찌 됐든 당위 없는 과한 욕심은 소위 출세나 성공만을 앞세운 욕심은 권위를 세울 수도 품위를 지킬 수도 안위를 보장받을 수도 없어 믿음직했던 바위를 하루아침에 야바위로 추락시킬 수도 있다네. 제위들에게 고하노니 욕심도 좋지만 수위 조절 좀 하시게. 작위적인 글이라 미안하네만 결코 허위는 아니라는 것은 알아주시게.

형

형 노릇이 어려운 건
뒷모습까지 가꿔야 하기 때문이다.

아우는 형의 뒤를 밟는다.

무

욕심이 없어 무.
아낌이 없어 무.

무는 잎과 줄기는 물론 뿌리까지 다 준다.

무 한 줄기로는 섭섭할까 봐
덤으로 몇 개의 파생어까지 챙겨 준다.

파생어 1. 무우
무 뒤에 벗 우(友)를 붙인 단어. 무 같은 친구 하나 갖고 싶은 마음이 너
무 간절해, 맞춤법이 틀린 줄 알면서도 무를 '무우'라고 읽고 쓰는 사람들
이 적지 않다.

파생어 2. 무능력
무의 능력. 아낌없이 줌으로써 오히려 더 많은 것을 얻는 신비로운 능력.
남의 것을 빼앗는 행위만을 능력이라 믿는 사람들은 이를 '능력 없음'으
로 잘못 이해하기도 한다.

파생어 3. 무조건
무가 잎, 줄기, 뿌리를 아낌없이 주면서 내미는 조건. 태평양을 건너 대서
양을 건너 인도양을 건너서라도, 건네받은 무의 씨를 널리 전파할 것.

손

왼손이 할 수 있는 최고의 일은
오른손을 만나는 일이다.

누군가를 위해 기도하라고
친구의 성공에 박수를 보내라고
신은 우리에게 두 개의 손을 주었다.

사람을 만나는 방법은 셋.

아침에 만나거나.
낮에 만나거나.
저녁에 만나거나.

다른 방법은 없다.
만나지 않으면 만날 수 없다.

밤

위로의 시간.
용서의 시간.
치료의 시간.

진정한 치료는 가려 주고 덮어 주는 것.
어둠을 내려 세상이 상처를 볼 수 없게 하는 것.

상처에 수술용 칼을 대는 게 아니라
상처가 스스로 아물 때를 조용히 기다려 주는 것.

배

"나는 충분히 배부른데
고기 더 먹고 싶으면 시켜요."

배에 주먹 날아올 말.
배만 있고 배려는 없는 말.

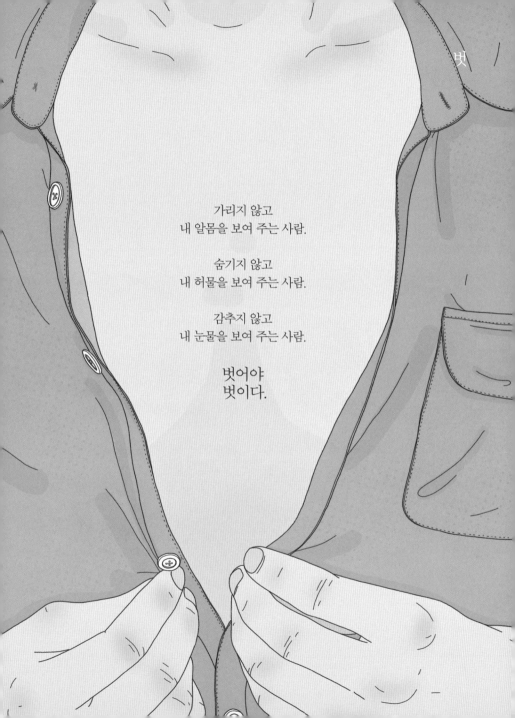

벗

가리지 않고
내 알몸을 보여 주는 사람.

숨기지 않고
내 허물을 보여 주는 사람.

감추지 않고
내 눈물을 보여 주는 사람.

벗어야
벗이다.

앞도 하나.
뒤도 하나.

하지만 옆은 좌우 둘.

나란히 가는 사람이 두 배 더 소중하다는 뜻.
손잡고 가야 두 배 더 멀리 간다는 뜻.

1. 부수고 간다.
2. 구멍을 뚫고 간다.
3. 돌아서 간다.
4. 문을 내어 열고 간다.

네 가지 방법 모두 벽에게 굴복을 강요하거나 벽을 피해 가는 방법이다.
벽 너와는 결코 소통하지 않겠다는 선언이다. 벽을 허물려다 또 하나의
벽을 쌓고 마는 방법이다. 다섯 번째 방법을 권한다.

5. 그림을 그린다.

벽에 그림을 그린다. 마주 보고 이야기하는 아이들의 맑은 얼굴과 깨끗한
웃음을 그린다. 그리고 벽에게 잠시 시간을 준다.
소통의 아름다움을 직접 보고 듣고 느낀 벽이 스스로 몸을 낮춘다.

술

외로움을 술로 달래면
다음 날 괴로움이 찾아온다.

사람들은 그걸 알면서도
다시 술을 찾는다.

그래,

괴로움 견디는 것보다
외로움 견디는 게
훨씬 힘든 일이니까.

보

보를 내세요.

가위는 상대를 싹둑 자르고
바위는 상대를 때려 부수지만
보는 상대를 안아 주니까요.

따뜻하게 이기세요.
아름답게 지거나.

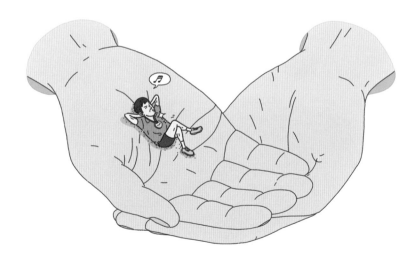

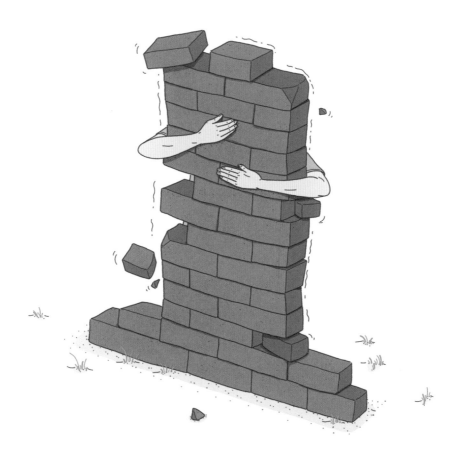

현실과 꿈 사이의 벽은 초심이 허문다.
당신과 나 사이의 벽은 진심이 허문다.

벽을 허무는 건
힘이 아니라 심이다.

마음이다.

아

아름답다, 의 첫 글자는
아!
감탄사다.

아름다운 것을 보면 감탄부터 하라는 뜻이다. 느낌을 억누르지 말고 감정
이 시키는 대로 반응하라는 뜻이다. 너무 깊이 들여다보지 말고 너무 세
세히 분석하려 들지 말라는 뜻이다. 세상에서 가장 불쌍한 사람은 아름다
운 것에서 아름답지 않은 이유를 찾아내려는 사람이다.

불쌍하다, 의 첫 글자는
불!
부정이다.

정말 잘 먹었다는 표정으로
"잘 먹었습니다."

이게 잘 안 된다.
포만이 간절한 표정을 방해한다.

하지만

정말 잘 먹겠다는 표정으로
"잘 먹겠습니다."

이건 잘 된다.
간절함은 부족함에서 나온다.

돌

부처도 될 수 있고
고래도 될 수 있고
다리도 될 수 있고
침대도 될 수 있고.

돌은 하느님 다음으로 전지전능한 위인임에 틀림없다. 말이 없다 해서, 길가에 아무렇게나 흩어져 있다 해서 그를 가볍게 봐서는 안 된다. 황금과 돌을 동격으로 본 최영 장군의 말씀이 이 위인의 가치를 확인해 준다. 그러니 돌처럼 묵묵히 자신의 자리를 지키는 사람을 쉽게 보지 말 것. 괜히 발끝으로 툭 차지 말 것. 내 발만 아프다는 것을 잊지 말 것. 그가 도끼가 될 수도 있다는 사실을 기억할 것.

향

아름다워지고 싶다면
얼굴에 화장품 대신 땀을 바르세요.
머리에 왁스 대신 땀을 바르세요.
귀밑에 향수 대신 땀을 뿌리세요.
손끝에 매니큐어 대신 땀을 칠하세요.

일에 몰입하는 사람보다 향기로운 사람은 없답니다.

망망대해. 바람 한 점 없다. 구름 한 점 없다. 그늘 한 점 없다. 타는 태양
만 갑판 위로 쏟아진다. 땀과 짜증이 그 위로 쏟아진다. 선원 한 사람이
일어선다. 천천히 돛을 올린다. 바람도 없는데 돛이 무슨 소용이냐는 핀
잔이 쏟아진다. 하지만 그는 묵묵히 돛을 올린다. 돛이 태양을 막는다. 그
늘을 만든다. 무슨 소용이냐고 꾸짖던 사람들이 머리를 긁적이며 하나둘
그늘 쪽으로 자리를 옮긴다. 인생 항해에서도 그렇다. 머리를 긁적이게
만드는 주범은 늘 섣부른 판단과 성급한 호통이다.

톱

톱은 단칼에 나무를 자르지 않는다. 수십 개의 톱니로 수십 번 왕복하여
나무 하나를 겨우 토막 낸다. 그래야 나무의 자존심이 상처 받지 않는다.
내가 누군가의 자존심을 잘라야 한다면 칼이 아니라 톱이 되어야 한다.

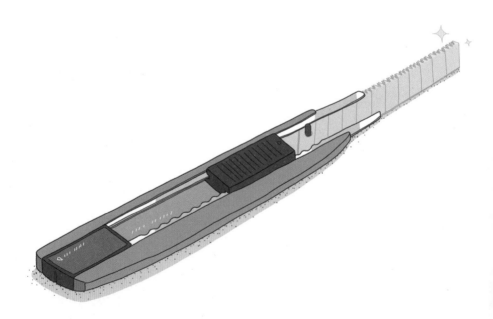

세상 모든 빚은 공짜가 아니지만
세상 모든 공짜는 빚이다.

후

사는 동안은 썩지 않기.

죽은 후에 실컷 썩기.

제조
일자

사 랑 하 시 날

유통
기한

~ 사 는 동 안

즉

입이 얼굴 맨 아래에 위치한 이유는

머리와 멀어지라는.
가슴과 가까워지라는.

즉, 머리가 아니라 가슴이 시키는 말을 하라는.

모기장도 모기약도 모기향도 없었던 시절. 부모님이 모기에 물릴 것을 걱정한 효자 김 씨가 있었다. 김 씨는 부모님이 주무실 방에 먼저 들어가 벌거벗은 채 몇 시간을 누워 있었다. 누워서 이런 생각을 했다. 내 피로 모기들을 유인해 잔뜩 배부르게 해 놓으면 부모님은 편안히 주무시겠지. 그날 밤 모처럼 배 터지게 식사를 한 모기들은 날이 밝자 동네방네 윙윙거리며 소문을 내고 다녔다. "아무개 집에 가면 목숨 걸지 않아도 피를 얻어먹을 수 있다." 소문은 꼬리를 물었다. 다음 날부터 밤만 되면 온 동네 모기들이 김 씨 집 담을 넘었다. 날이 갈수록 김 씨의 몸은 모기 물린 자국으로 시뻘겋게 부어 갔다. 그러던 어느 날 효자 모기 한 마리가 그 집을 찾아왔다. 그 모기는 무방비 상태로 누워 있는 먹이를 보자 병든 부모님 생각이 났다. 이 푸짐한 식탁을 부모님 앞에 그대로 옮겨 드릴 수는 없을까? 효자 모기는 안타까운 눈물을 흘렸다. 눈물 한 방울이 누워 있던 김 씨의 얼굴 위에 떨어졌다. 눈물의 의미를 알지 못한 김 씨는 행여 부모님의 이불이 젖을세라 효자 모기를 붙잡아 손으로 꾹 눌러 죽여 버렸다. 너무도 갑작스러운 일이었다. 이 광경을 목격한 모기들은 깜짝 놀라 바늘을 거두어들였고 순식간에 담을 넘어 달아났다. 그날 이후 김 씨 집엔 모기 한 마리 얼씬하지 않았고 김 씨도 더 이상 모기에 뜯기는 일이 없었다. 세월이 흘렀다. 김 씨의 부모님도 가셨고 김 씨도 갔다. 소문엔 김 씨의 아들의 아들의 아들의 아들의 아들의 아들이 지금 서울에 살고 있다고 한다. 그런데 그는 단 한 번도 부모님이 모기에 물릴까 걱정해 본 일이 없다고 한다. 그의 걱정은 늘 아들이 모기에 물리지 않을까 하는 것뿐.

여자, 남자, 혼자

3

힘

사랑은 힘이 세다.

**천 년 바위 같은 사람도
사랑이 찾아오면 흔들바위가 된다.**

발

악수는 발로 하는 것이다.
그가 있는 쪽으로 내가 가야 한다.

포옹도 키스도 사랑도
발로 하는 것이다.

을

사랑에도 갑과 을이 있습니다.

더 많이 사랑하는 사람이 을입니다.
더 많이 아픈 사람이 을입니다.
더 많이 우는 사람이 을입니다.
더 깊이 상처 받는 사람이 을입니다.

하지만
갑은 을을 부러워합니다.

세상엔 몸과 마음이 온통 상처투성이인
사랑을 하고 싶어도
상대가 협조하지 않아
갑이 되는 사람들이 적지 않습니다.

을이 사랑입니다.
을이 행복입니다.

사랑의 온도는 몇 도일까?

73℃.

너와 나의 체온을 더한
뜨거운 온도.

화상 한 번
입지 않는 사랑은
물집 한 번
잡히지 않는 사랑은

그냥 36.5℃
나만 있고 너는 없는.

등

돌아서면 끝인가.

등을 껴안는 것도
사랑이다.

짝사랑은 말 한마디 붙이지 못하는 무언극.
혼자 불붙고 혼자 꺼지는 자작극.
상대에게 불이 옮겨붙지 않으면 그대로 끝나는 단막극.
막이 내린 후에도 눈물이 그치지 않는 신파극.

그러니까,
사랑한다면 적극.

너

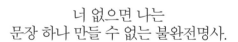

세상에서 가장 아름다운 문장은
나는 너를 사랑해.

세상에서 가장 슬픈 문장은
너는 나를 잊었어.

세상에서 가장 안타까운 문장은
나는 너를 못 잊겠어.

너 없으면 나는
문장 하나 만들 수 없는 불완전명사.

내 곁에 당신.
인생은 이 다섯 글자면 충분.

아니,

내곁에당신.
띄어쓰기도 없애 버리고 싶어.

강

쉬지않는
멈추지않는
주저하지않는
오직하나의생각
바다로가야하는데
바다를만나야하는데
비가오면너도같이가자
눈이오면너도내손을잡아
바람이불면밀어줘서고마워
누군가는그리움이라고말했어
누군가는본능이라는단어를썼어
누군가는사랑이라며말끝을흐렸지
그리움이든본능이든사랑이든다좋아
갈곳이있고갈수있고지금가고있다는것
그것만으로도눈물찔끔나게고맙고행복해
강의폭이점점넓어지고있다는걸너도느끼니
그러니까점점바다에가까워지고있다는뜻이야
이제조금만더움직이면바다가눈앞에나타날거야
흐르고부딪치고추락하고다시일어섰던그시간들이
저넓은바다의품에풍덩안기는그순간다녹아버릴거야
보인다그리움의끝이보인다보인다기다림의끝이보인다
움직이지않고혼들리지않고등돌리지도않고기다려준바다
강이라는한글자가스물여섯글자될때까지꿈쩍하지않은바다
강은열심히달려와줘서고맙고바다는묵묵히기다려줘서고맙고
이글을쓰고있는나는지금당장너에게달려가야한다는것을배우고

널

사랑은 널뛰기.

널과 뛰기 사이에 생략된 말은,

향해.

깊은 밤이면,
잠 못 드는 새벽이면,
우리는 최선을 다해 외로운 척한다.

마치 낮엔 외롭지 않았던 것처럼.

말

‘사랑해!’

‘……’

‘사랑해?’

‘……’

사랑은
마주 보고 하는 혼잣말.

벌

곤충학자도 식물학자도
벌―꽃―나비의
삼각관계를 걱정하지 않는다.

진짜 걱정해야 할 것은
이각 관계.

너와 나의 관계.
알면 알수록 어려운 관계.

솜

연인들의 입에서 나올 수 있는
가장 슬픈 말.

"솜사탕 두 개 주세요!"

태초에 삼원색은,

사랑은 색깔이었다.
시리도록 아픈 색깔이었다.

사람들이 이 말을 훔쳐 가
시리도록 아픈 마음을 표현하는 말로
사용하기 전까지는.

셈

"내겐 사랑하는 사람이 많았어. 사랑이 떠났다 싶으면 새로운 사랑이 찾아왔어. 외로울 틈이 없었어. 사랑할 때마다 내가 더 많이 사랑받았어. 조금 주고 많이 받았어. 늘 그랬어. 셈을 해 보면 내가 늘 이익이었어. 그래서 사랑이 끝날 때는 미안했어. 다음 사랑은 내가 더 많이 주는 사랑이었으면 좋겠어. 나도 이제 그런 사랑을 해 보고 싶어."

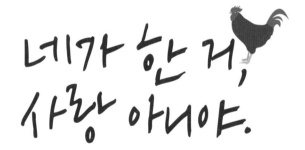

네가 한 거,
사랑 아니야.

사랑은

가슴이 아홉 번 멍드는 것.

가슴에 구멍이 뚫리는 것.

쉼

사랑은
헤어지자 마음먹고 마침표를 찍었다가
끝내 연필을 떼지 못하고 꼬리를 내리는 것.

사랑은
끝날 듯 끝나지 않는 쉼표의 연장.

외로움보다 더 외로워 보이는 한 글자.

한 글자로 그냥 두면
금세 울어 버릴 것 같은 한 글자.

하지만
톨이를 붙여도 딴길을 붙여도
여전히 외로운 한 글자.

외로움이 운명인 글자.

점이 외로워 보일 땐
곁에 점 하나를 더 찍는다.

점점.

점점 외로움이 가시고
점점 몸이 따뜻해질 것이다.

당신도 한 점이다.
외로움에서 벗어나려면
당신을 닮은 외로운 점 하나를
당신 곁에 찍어야 한다.

우선,
당신 옆자리를 차지하고 있는
욕심과 계산을 치우는 일부터 해야겠지.

뻥

남자는 남자답다.

사랑을
여덟 글자로 표현하면,

그럼에도 불구하고.

사랑이 힘들 때는
이 여덟 글자를 떠올리세요.

사람을
여덟 글자로 표현하면,

그럼에도 불구하고.

사람에 지칠 때도
이 여덟 글자를 떠올리세요.

몇

당신이 사랑할 수 없는 사람은
몇이나 될까요?

손가락 꼽으며 세어 보세요. 참, 첫 손가락 꼽기 전에 방금 넘긴 페이지를
살짝 들춰 보세요. 그곳에 적힌 분홍색 여덟 글자를 이 페이지로 데리고
오세요. 손가락 꼽으려 했던 사람 하나하나에게 그 여덟 글자를 붙여 보
세요.

그렇습니다.
당신이 사랑할 수 없는 사람은
아직 태어나지 않았습니다.

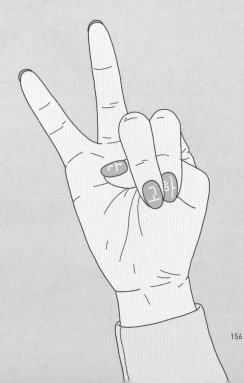

사랑하면 의심, 시기, 과장, 억지, 질투, 배신 같은 숱한 죄를 짓는다. 사람
의 법정에선 이를 유죄라 하지만 사랑의 법정에선 무죄다. 이 모든 죄를
다 더한 것보다 사랑하지 않는 죄 하나가 더 크기 때문이다.

짝

"나는 당신을 사랑합니다."

"나도 당신을 사랑합니다."

짝을 이뤄야 하는 이 두 문장이 이렇게 멀리 떨어져서는 안 됩니다.
고백의 수명은 영원하지 않습니다.
먼저 고백한 사람을 흔들리게 하지 마세요. 시험에 들게 하지 마세요.

남탕, 여탕으로 헤어져 있었던 세월이 너무 길었습니다.
그래서 우선 찜질방을 발명했으니 급한 대로 쓰고 계십시오.
곧 완전한 만남이 이루어질 거라는 생각에는 변함이 없습니다.

한

사전에게 사랑의 의미를 물었다.
포장하고 미화하지 않은 순수한 의미를 물었다.

사전은 감정 과잉 없이 이렇게 대답했다.

"아끼고 위하며 한없이 베푸는 마음."

아낀다.
위한다.
베푼다.

사랑은 이 세 마디로 요약할 수 있지만,
이보다 더 큰 울림은

한없이.

인생에 가장 큰 에너지가 되는 동사를
딱 두 개만 꼽으라면,
없던 힘도 절로 솟게 하는 동사를
딱 두 개만 꼽으라면,

1. 사랑하다.
2. 사랑하다.

하십시오.

퀵

퀵 서비스를 불렀다.

내 마음을 그녀에게 배달해 달라고 했다.

퀵은 내게 오토바이 뒷좌석에 타라고 했다.

마음만 가져가면 가는 도중에

그땐 자신이 변상해야 하는데 마음값을 얼마 쳐 주어야 할지 몰라

요즘엔 퀵보다 빠른 속도로 움직이는 게 사람의 마음이라고 했다.

'마음 서비스'라는 게 태어난다면

그녀 앞에 도착한 후 그 자리에서 내 마음을 꺼내 주겠다고 했다.

마음이 식어 버리거나 상하기 쉽다고 했다.

난감했던 적이 한두 번이 아니라고 했다.

먹고살 일이 걱정이라고 했다.

쇼

거울 앞에 앉는다.
화장을 지운다.
외로움이 남는다.

무대 뒤 풍경은 이 세 문장으로 요약된다. 박수를 많이 받든 적게 받든 무대 뒤에선 누구나 이 세 문장으로 외로움을 정리한다. 하지만 외로움의 크기가 다 같은 것은 아니다. 박수를 많이 받은 사람이 조금 더 외롭다. 여럿이 있을 때 가장 많이 떠드는 사람이, 가장 크게 주목받는 사람이 홀로 남겨지면 더 외로운 법이다. 짧은 박수와 긴 외로움. 오늘도 쇼는 그렇게 이어질 것이다.

여자님이 하이힐로 지구를 콕 찔렀습니다.

아, 그러나 지구는 반응이 없습니다. '왜 찔렀을까, 왜 찔렀을까. 내게 관심이 있는 걸까.' 얼굴 빨개지며 이런저런 상상만 하고 있습니다. 수십억 년을 살아온 지구도 잘 모르는 것이 여자님의 마음입니다. 남자님 따위가 알 리 없습니다. 어쩌면 여자님 자신도 모를지 모릅니다.

이발사도 의사나 약사처럼 흰 가운을 입는다.

왜?

무거운 머리를 가볍게 해 주는 것이
아픔과 슬픔을 치료하는
가장 좋은 약이니까.

빗

빗으로 곱게 빗은 머리보다 아름다운 건
거울 앞에 앉아 머리를 빗는 여자의 뒷모습이다.

아름다운 것보다 더 아름다운 건
아름다워지려는 마음이다.

여

드라마를 보는 남녀.

1편을 재미있게 본 남자는
여자와 함께 2편을 보고 싶어 하지만

1편을 재미있게 본 여자는
남자와 함께 1편을 다시 보고 싶어 한다.

남자는 진도.
여자는 농도.

시

사랑에 빠진 사람은 누구나 시인이다. 누구보다 열렬한 애독자 한 사람을
가진 시인이다. 그가 어떤 시를 쓰든 그의 독자는 감동할 자세가 되어 있
다. 이를테면 이런 시.

제목: 사랑

사랑해.

이 시를 받아 든 독자는 시의 함축성, 명징성, 확장성에 감탄한다. 다른
어떤 수식어도 필요하지 않다고 말한다. 이 짧은 한 줄에 삶과 죽음과 우
주가 다 담겨 있다고 말한다.
사랑은 내 시를 읽어 줄 단 한 사람의 독자를 만나는 일이다. 가장 평범한
내 이야기를 가장 특별하게 들어 주는 한 사람을 만나는 일이다.

사랑과 정의 차이를 설명해 보라고 하면
이렇게 대답하세요.

사랑과 정의 차이를 설명해야 하는 이유를
설명해 보라고.

그것을 설명할 시간에
둘 중 아무거나 시작하는 게 낫지 않으냐고.

결

결혼은

격이 맞는 사람과 하는 게 아니라
결이 같은 사람과 하는 것이다.

격혼이 아니라 결혼이다.

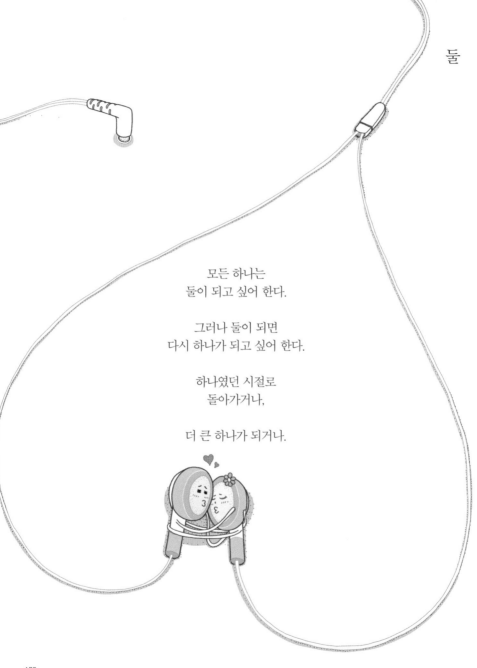

모든 하나는
둘이 되고 싶어 한다.

그러나 둘이 되면
다시 하나가 되고 싶어 한다.

하나였던 시절로
돌아가거나,

더 큰 하나가 되거나.

탓

사람은 동물이지만
사랑은 동물이 아닙니다.

변하고 움직이고 도망가는 건 늘 사람입니다.

사랑 탓 그만.

고

사랑이 곁에 없으면 외로울 고.

고독.

사랑이 곁에 있으면 괴로울 고.

고통.

고독의 소원은
고통이 되는 것.

조금은 삐딱한 시선

눈

눈이라는 제목을 본 순간
당신의 머릿속엔 두 가지 생각.

눈물을 흘리는 눈일까.
눈사람 만드는 눈일까.

하지만 누군가는
조금 다른 이야기를 하지.

새싹이 돋는 눈.
저울에 새긴 눈.
그물의 구멍 눈.

세상은 넓고
당신은 좁고.

잔

내 술잔을 채울수록

우리의
술병은

비
어
간
다
.

181

게

우히히히. 좌에서 우로. 좌에서 우로. 이 책의 모든 글자들이 나를 흉내내고 있어. 다들 옆으로 걷고 있어. 돈도 꿈도 밥도 다 제치고 내가 이 책의 주인공이야. 우키키키키키.

게 긍 정.
멋 있 음.

껌

술안주에 껌이 없는 건

껌처럼 벗겨서
껌처럼 씹고
껌처럼 버리는

사람이라는 공짜 안주가
있기 때문이지.

멸치볶음.
안타깝다.
미라처럼 딱딱하게 굳어 바다로 돌아갈 수 없다.

누군가를 볶는다는 건
그를 경직시켜 오도 가도 못하게 만들어 버리는 것.

조언도 충고도 간섭도 다 좋은데,
제발 졸졸 따라다니며 달달 볶지는 마.

총은 불법 무기이고

기능은

입은 합법 무기이다.

같다.

월

1월.
결심을 한다.
다짐을 한다.
결심과 다짐이 헝클어지지 않는지
감시를 한다.

2월.
결심이 흐릿해진다.
다짐이 희미해진다.
결심과 다짐에 가려 있던
작지만 소중한 일들이 눈에 보인다.

새해의 호들갑은
1년을 11개월로 만든다.

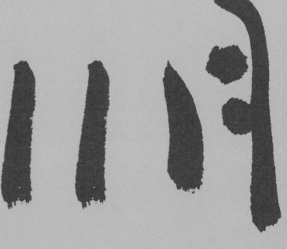

관

당신이 입주할 마지막 집은 원룸이다.

욕실 없는.
욕심 없는.

글을 쓴다는 건

바다를 '파도 공장'이나 '깊이 더하기 넓이'라고
멋을 부려 표현하는 게 아니라,

바다를 바다라고 말하는
용기를 내는 것이다.

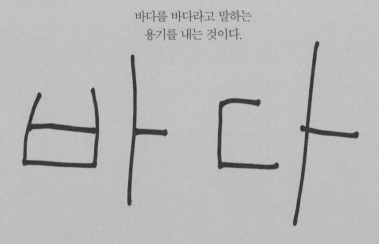

돔

감성돔.
바다가 지어 준 이름.

바다 밖에 사는 것들은 감히 흉내 낼 수 없는 이름.
바다 밖엔 비쩍 마른 지성과 이성과 아우성들만 살고 있으니까.

지성 지성   이성 이성 이성   아우성 아우성

감성돔감성돔감성돔감성돔감성돔감성돔감성돔감성돔감성돔감성돔감성돔감성돔감성돔감성돔감성돔감
성돔감성돔감성돔감성돔감성돔감성돔감성돔감성돔감성돔감성돔감성돔감성돔감성돔감성돔감성돔감성돔감성돔감성
돔감성돔감성돔감성돔감성돔감성돔감성돔감성돔감성돔감성돔감성돔감성돔감성돔감성돔감성돔감성돔감성돔감성돔
감성돔감성돔감성돔감성돔감성돔감성돔감성돔감성돔감성돔감성돔감성돔감성돔감성돔감성돔감성돔감성돔감성돔감
성돔감성돔감성돔감성돔감성돔감성돔감성돔성돔감성돔감성돔감성돔감성돔감성돔감성돔감성돔감성돔감성돔감성돔감성
돔감성돔감성돔감성돔감성돔감성돔감성돔감성돔돔감성돔감성돔감성돔감성돔감성돔감성돔감성돔감성돔감성
감성돔감성돔감성돔감성돔감성돔감성돔감성돔감성돔감성돔감성돔감성돔감성돔감성돔감성돔감성돔감성돔감성돔감
성돔감성돔감성돔감성돔감성돔감성돔감성돔감성돔감성돔감성돔감성돔감성돔감성돔감성돔감성돔감성돔감성돔감성
돔감성돔감성돔감성돔감성돔감성돔감성돔감성돔감성돔감성돔감성돔감성돔감성돔감성돔감성돔감성돔감성돔감성
돔감성돔감성돔감성돔감성돔감성돔감성돔감성돔감성돔감성돔감성돔감성돔감성돔감성돔감성돔감성돔감성돔감성

3

8을 절반으로 나누면 4가 된다고 주장하는 당신에게
3이라는 답을 슬며시 내밀어 봅니다.

그리고 당신의 손에
계산기 대신 가위를 놓아 드립니다.

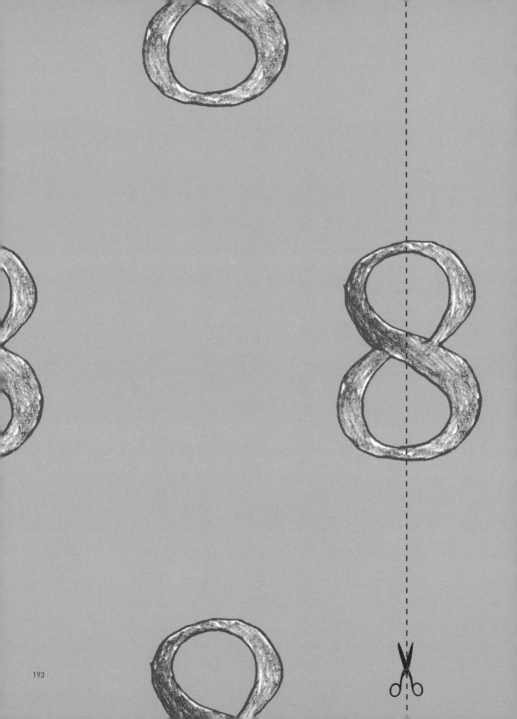

왈

라면 왈.
컵라면이 태어나면서부터
내 이름이 봉지 라면이 되고 말았어.

신문 왈.
인터넷 신문이 태어나면서부터
내 이름이 종이 신문이 되고 말았어.

정철 왈.
다 자네들 탓이니 불평과 불만 넣어 두시게.
세상과 나란히 걸어야 내 이름, 내 자리를 지킨다네.

항

어항에 갇힌 물고기가 억울할까요,
덩달아 갇힌 물이 억울할까요?

수요일 하루쯤은
수항이라 불러 줍시다.

팁

아이디어 팁 하나.

아이디어가 떠오르지 않을 땐
아이만 남기고 디어를 지우개로 지우세요.

아이 생각으로 돌아가세요.

꽝

기대가
현실과 부딪쳐
무너지는 소리.

로또 샀다, 의
가까운 미래.

다시 샀다, 의
똑같은 미래.

이번엔 느낌이 좋다, 의
안타까운 미래.

별

볕이 잘 드는 양지만 찾아다니는 사람은
자신의 묏자리를 찾아다니는 사람과 다르지 않다.

독과 돈.
왜 이름을 바짝 붙여 놓았을까.

한눈파는 순간 돈이 독이 될 수 있으니
돈을 쥐고 있을 땐 한시도 경계를 늦추지 말라고.

놈

잠수함이라는 놈이
물고기가 아닌 이유.

1. 놈은 헤엄칠 때 허리를 사용하지 않는다. 살랑거리지도 꿈틀거리지도 않고 도도하게 물을 가르는 모습이 한마디로 재수 없다.

2. 놈은 물 밖으로 눈을 내미는 습관이 있다. 평화로운 물속에 살면서 전쟁터 같은 물 바깥 세상이 도대체 왜 궁금한지 모르겠다.

3. 놈은 누구와 마주쳐도 인사하는 법이 없다. 물속으로 가끔 놀러 와 찡긋 윙크하는 지렁이만도 못한 놈이다.

4. 놈은 늘 혼자 다닌다. 성격에 치명적인 결함이 있거나, 아니면 놈의 몸에서 나는 고약한 화약 냄새 때문일 것이다.

5. 놈이 움직이면 부르르르 시끄럽다. 그럴 리 없겠지만 놈의 배 속에 그 말 많다는 인간이 들어 있는 게 아닌가 하는 착각도 든다.

6. 놈에겐 국적이라는 게 있다. 서로 죽여도 되는 근거로 사용된다고 하는데, 정확히 그게 무슨 말인지, 왜 필요한지 모르겠다.

네

당신이 이 책을 한 권 더 사서 친구에게 선물한다면 당신은 책 두 권에 해당하는 인세를 작가에게 주는 셈입니다. 물론 정철이라는 작가는 그 돈으로 인삼차를 사 마시지 않고 담배 한 갑을 살 것입니다. 당신 덕분에 담배 한 갑만큼 건강을 해칠 것입니다. 그럼에도 불구하고 작가가 당신에게 몹시 고마워할까요?

네.

절

그 절엔 목사님이 앉아 있었는데
조금도 이상하지 않았다.

절엔 스님이 없고.

교회엔 목사님이 없고.

내겐 믿음님이 없고.

줄

일등부터꼴찌까지한줄로세운다맨뒤에선아이부터하나씩지우개로지워나간다공부에순응하지못한아이들이사정없이지워진다한뼘이라도지우개와멀어지려고앞에선아이를밀어자빠뜨린다자빠진아이가밀친아이에게 ... 는사실을모른다두아이다지워진다친구는없다교실여기저기에지우개똥만이 ...

쌀

쌀을 준 농부에게 드리는 최고의 보답은
식탁에 앉아 감사의 기도를 드리는 게 아니라
밥그릇 바닥이 보일 때까지 밥을 맛있게 먹는 것이다.

넋

이　시끄러운　세상을
하얗
게　만들겠다는
꿈을　안고　펄펄　내려왔는데
그　만　바다의　품에　안기고만

눈의 넋을 위로합니다.

우리는 생선회를 먼저 먹은 후에 매운탕을 먹는다. 날것을
먼저 먹고 익힌 것을 먹는다. 지식도 그렇게 먹어야 한다.
익힌 지식, 삶은 지식, 끓인 지식보다 날 지식을 먼저 먹어
야 한다.

날 지식은 도서관이나 박물관에는 없다. 할머니의 느릿한
말 속에, 계절의 바쁜 변화 속에, 개미의 복잡한 동선 속에
살아 있다. 우리는 이 날 지식을 지혜라는 이름으로 부른다.
세상 모든 지식은 지혜를 먼저 먹은 후에 먹어야 제대로 소
화할 수 있다.

빛

한밤중. 가로등도 없는 한적한 지방 도로.
우리는 불빛 하나가 달려오면 오토바이, 두 개가 달려오면 자동차라고 믿
는다. 고정관념이다. 불빛 하나는 한쪽 헤드라이트가 고장 난 자동차일
수도 있다. 불빛 두 개는 나란히 달려오는 오토바이 두 대일 수도 있다.

**지식이라는 빛, 경험이라는 빛이
고정관념이라는 어두운 그림자를 낳기도 한다.**

틀

세상의 모든 반듯한 답은 틀 안에 있고
세상에! 하는 새로운 답은 틀 밖에 있다.

100점이 목표라면 틀 안에서.

101점을 꿈꾼다면 틀 밖으로.

뚝

눈물의 이동 경로.

뺨을 타고 내려와 입술을 살짝 적시고 턱 끝에 잠시 머물다 지구 위로 뚝
떨어진다. 눈물을 흘리면 이렇게 여기저기 자국이 남는다. 하지만 괜찮
다. 울어도 된다. 뺨과 입술과 턱에 묻은 눈물 자국은 손으로 쓱 지우면
되고, 지구는 흡수력이 좋아 눈물 자국이 남지 않는다.

우리는 울고 싶을 때 울 수 있는 참 좋은 별에 산다.

겉

겉모습은 중요하지 않다는 말, 아마 수박 장수가 했을 것이다. 수박에 피라미드 모양으로 칼집을 내고 빨간 속살을 쏙 뽑아 보이며 말했을 것이다. 하지만 사람은 수박이 아니다. 우리는 수박 장수가 아니다. 겉보다 속이 아름다워야 한다는 말은 이제 그만하는 게 좋겠다. 나는 겉을 먼저 보면서, 너는 속 먼저 가꾸라고 하는 것은 조언도 충고도 훈계도 아닌 그냥 무책임이다.

책 한 권,
거울 한 번.

물고기는 짖지도 노래하지도 않는다.
당신도 물고기에게
짖어라 노래하라 하지 않는다.

평화란,
남에게 나를 강요하지 않는 것.

써

글을 잘 쓰는 방법은
글을 쓰는 것이다.

양지가 음지 되고
음지가 양지 된다.

정말일까? 참고 기다리면 음지가 양지 될까? 세상을 양지와 음지로 나누
고, 자신에게 굴복하면 볕 한 줌 더 주겠다고 압박하는 해라는 놈을 끄집
어 내려야 하는 게 아닐까?
내가 음지에 쭈그리고 앉은 이유가 내 무능이나 게으름이 아닐 수도 있
다는 사실. 굴복해! 복종해! 감사해! 늘 이렇게 명령하며 자신이 맨 위에
서는 하나의 질서만을 강요하는 해일 수도 있다는 사실.

명심해!

자

재지 마라.

너도 기껏 30cm인 것을.

축구를 잘하면서 좋아하기까지 하는 아이에게 돌아오는 몫은 축구 선수.
누구보다 축구를 좋아하지만 썩 잘하지 못하는 아이에게 돌아오는 몫은
축구 평론가 또는 해설가. 축구를 잘하지만 축구하는 것을 싫어하는 아이
에게 돌아오는 몫은 그냥 축구 경기 시청자.

**좋아해야
뭐라도 된다.**

!

당신과 피를 나눈 인연들.

부모.
형제.
자식.
모기.

모기는 아주 짧은 순간 당신을 스쳐 가지만 당신의 살갗에 빨간 흔적을 남긴다. 인연은 흔적이다. 모든 인연은 당신의 인생이 그렇게 따분하지는 않았다고 증언해 주는 소중한 흔적이다. 그것이 아픈 상처를 남기고 떠난 악연일지라도. 당신과 피를 나눈 모기에게도, 부디 에프킬라 잘 피해 천수를 다하라고 빌어 주시기를.

B

B를 보세요.
뚫어지게 보세요.
두 개의 D를 발견했나요?

그것으로 무엇을 배웠나요?
떨어져 있으면 그냥 두 개의 D.
그러나 힘을 모으면 두 칸 앞으로 갈 수 있다는 것을
배웠을 것입니다.

B를 다시 보세요.
뚫어지게 다시 보세요.
13이라는 숫자를 발견했나요?

이번엔 무엇을 배웠나요? 사물이나 현상을 뚫어지게 바라보면
끊임없이 무언가를 발견한다는 것을 배운 것입니다. 그렇습니다.
관찰은 숨은그림찾기입니다. 당신이 스마트폰에 심어 놓은 게임보다
훨씬 흥미로운 숨은그림찾기입니다.

실

—

실아, 너는 지금도 구멍 난 양말, 떨어진 단추만 만나니? 그게 네 운명이라 생각하니? 운명 따위는 없단다.

지금 이 순간 의사, 간호사와 손잡고 수술실로 들어가는 실도 있단다. 그는 곧 사람을 살리겠지.

칸

원고지 한 칸에 글자 하나.
조정래 선생도 나도 이 원칙
에서 자유로울 수 없다.
자유란, 내 앞에 놓인 한 칸
에 내가 넣고 싶은 글자를
마음대로 넣어도 좋다는 뜻이
지, 두세 개의 글자를 한꺼번
에 싹서 넣어도 된다는 뜻은
아니다.

225

꾼

날 저물면 나가지 않는다.
바람 불면 나가지 않는다.
비가 오면 나가지 않는다.

이 세 가지가 사냥꾼이라면 지켜야 할 금기.
그러나 당신이 사냥감이라면 얘기는 달라진다.

날 저물면 움직인다.
바람 불면 움직인다.
비가 오면 움직인다.

실패와 실수를 절반으로 줄이는 질문,
하루 한 번은 내가 나에게 던져야 하는 질문,
나는 누구?

F

E와 F의 차이는
선 하나.

Excellent와 Failure의 차이는
선 하나.

그것은 최선.

뜸

아이디어가 자꾸 설익은 생각에서 멈춘다 싶으면 너무 조급하게 아이디어를 꺼내려 하지 마세요. 머릿속에 그냥 방치하세요. 아직 뜸이 덜 든 것이니까요.

생각은 나 혼자 하는 게 아닙니다. 생각도 생각을 합니다. 생각에게 스스로 발효할 시간을 줘야 아이디어가 익습니다. 그때까지 내가 할 일은 초조가 아니라 방치입니다.

방치하다 보면 어느 순간 설익은 생각이 뜸이 잘 든 기특한 생각으로 발전합니다. 그때 그것을 꺼내어 내 아이디어인 척 사람들 앞에 내놓으면 됩니다.

직

가장 슬픈 걸음은 직진이다. 만나야 할 사람과 만나게 될 풍경들이 출발하는 순간 다 정해져 버린다. 걷는 동안도 설렘도 기대할 수 없다. 하나의 목표를 향해 걷더라도, 수많은 좌충우돌과 우왕좌왕이 포함된 직진을 권한다.

끝

때늦은 미련과 후회를
딱 세 줄로 표현하면 이런 꼴이다.

어제 일곱 시에 약속이 있었다.
오늘 일곱 시에 나갔다.
아무도 없었다.

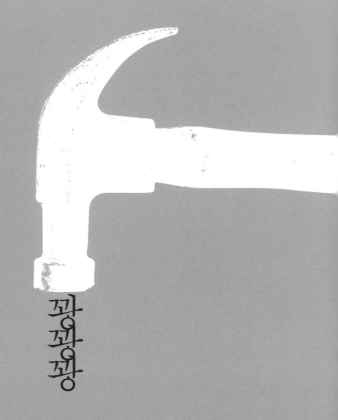

못

꽝
꽝
꽝

모처럼 망치 들고
일한다는 건 잘 알겠는데
그걸 옆집에까지 알릴 필요는 없잖아.

못난 녀석들은
늘 입으로 일을 한다.

리

그럴 리 없다.

하느님이 세상을 만들고 하루 쉬었을 리 없다. 그랬다면 당신이 만든 것들을 찬찬히 살펴봤을 텐데, 이 세상이 뜻한 대로 빚어지지 않고 전쟁, 기아, 범죄, 질병이 가득한 엉망진창이라는 것을 발견했을 텐데, 이를 그냥 두었을 리 없다. 하느님은 마지막 일곱째 날에도 쉬지 않았을 것이다.
쉬지 않고 일만 하면 이렇게 하자가 발생한다는 가르침을 주려 했던 게 분명하다.

나, 괜찮은 걸까

5

나

밥이나 먹어.
돈이나 벌어.
책이나 읽어.
꽃이나 심어.

나가 나타나면
밥도 돈도 책도 꽃도
다 하찮은 게 되어 버린다.

세상에서
가장 소중한
한 글자,

나.

값

나는 얼마짜리인가?

지금 내 주위를 둘러싼 사람의 수, 그들이 내게 보내는 환호와 박수의 크기가 나의 값은 아니다. 어느 날 갑자기 내가 사라졌을 때 사람들이 흘릴 눈물의 양, 그것이 나의 값이다. 눈물을 흘리는 사람의 수가 아니라 눈물의 양이다.

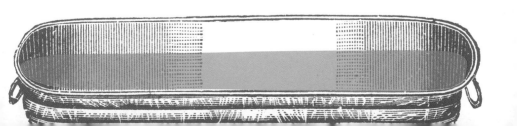

땀

내가 흘린 땀에 빠져 죽은 사람은 없다.

유명 강사들의 명품 강연 찾아다니기 전에
그들의 한마디에 울컥 감동하기 전에
그들이 제시한 곳으로 내 인생을 방향 잡기 전에

내 안에서 밖으로 나오고 싶어 하는
내 목소리부터 들을 것.

**세상을 만나기 전에
나부터 만날 것.**

틈

물 샐 틈 없다는 건
물이 들어올 틈도 없다는 뜻.

고인다는 뜻.
썩는다는 뜻.

틈나는 대로
빈틈을 보일 것.

"내 편은 없어."

미안하지만 이런 말은 없다. 누구에게나 내 편 한 사람은 있다. 영화 〈올드 보이〉의 주인공 오대수. 15년을 독방에 갇혀 꿈지락거린 오대수. 문틈을 비집고 들어오는 징그러운 군만두를 수없이 씹으며 절망의 바닥을 경험한 그에게도 내 편 한 사람은 있었다. 바로 그 한 사람이 그의 탈출을 도왔다. 그가 누구일까? 오대수의 내 편 한 사람은 바로 오대수 자신. 내 인생 끝까지 내 편은 바로 나 자신. 내가 나를 놓아 버려서는 안 된다.

나, 힘내세요!

곡

신은 당신을 위해 인생이라는 곡을 만들었고 가사는 붙이지 않았다. 가사는 당신 몫으로 남겨 놓았다. 신 작곡, 당신 작사. 이 얼마나 행복한 작업인가. 자, 이제 악보 한 귀퉁이에 신이 육필로 쓴 가이드라인을 숙지하고 펜을 들면 된다.

어떤 가사를 붙여도 좋습니다. 후렴이 있어도 좋고 2절, 3절이 있어도 좋습니다. 사투리도 좋고 비속어도 좋습니다. 다 좋습니다. 가슴이 시키는 대로 마구 쓰십시오. 하지만 딱 하나, 표절만은 안 됩니다. 남의 인생을 당신이 노래할 이유는 64분의 1박자만큼도 없습니다.

인 생

가슴이 시키는 대로

작곡 신

작사 ᄀ

245

달

달이 지구를 내려다봤다. 팽이를 발견했다. 느릿느릿 달은 엄청난 속도로 핑핑 도는 팽이 씨가 멋져 보였다. 청혼했다. 결혼했다. 달팽이를 낳았다. 그런데 달팽이는 달을 닮아 느릿느릿이다. 아니 달보다 더 느릿느릿이다. 느릿느릿이 우성임을 알았다.

지금 내 속도, 너무 빠른 건 아닐까?
내 자식에게 나를 닮으라고 말할 수 있을까?

그

내겐 두 개의 팔과 하나의 가슴이 있고 그것으로 껴안을 수 있는 무게는 20kg이다. 그에게도 두 개의 팔과 하나의 가슴이 있고 그것으로 껴안을 수 있는 무게는 20kg이다. 나는 지금 40kg을 껴안고 낑낑대고 있고 그는 빈손으로 팔짱을 끼고 내 앞에 서 있다.

지금 내가 할 수 있는 일은 그를 믿는 일이다.
그를 믿어야 내가 가벼워진다.

나 아니면 안 되는 일은 치과에 누워 입 벌리는 일뿐이다.

탈

우리 모두는 가끔
탈을 쓰고 일을 한다.

작은 일에 까탈.
혼자 슬쩍 이탈.
남의 것을 강탈.
너무 먹어 배탈.
남는 것은 허탈.

이것들이 내 얼굴로 굳어져
벗을 수도 없게 되면 정말 탈이다.

매

자식에게 매를 드는 일보다
어려운 일은

자신에게 매를 드는 일이다.

코

숨을 쉰다.
훌쩍훌쩍 운다.
피를 흘린다.
냄새를 맡는다.

어떤 일이 가장 중요할까? 숨은 입으로도 쉴 수 있고, 우는 건 눈으로도 할 수 있고, 피 흘리는 건 온몸으로 할 수 있다. 코는 냄새 맡는 일에 집중해야 한다.

내가 할 수 있는 일을 나열하라. 남들도 할 수 있는 일을 하나하나 지워나가라. 맨 마지막에 남는 일 하나, 그것이 내가 집중해야 할 일이다. 그것이 나의 가치다.

착

남의 몸에 착 달라붙은 때는 다 벗긴다는 비누도
내 몸에 착 달라붙은 머리카락 한 올은 어쩌지 못한다.

남은 쉽다.
나는 어렵다.

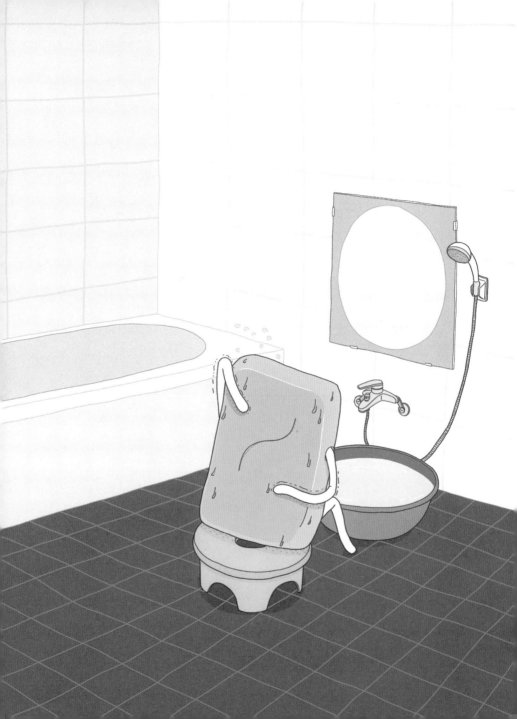

녹

철은 가만두면 녹슨다. 게으름 피우지 말라고, 끊임없이
관찰하고 생각하고 발견하라고, 그래서 하루에 글 한 줄이
라도 생산해 내라고 아버지는 나에게 철이라는 이름을 붙
여 주셨다. 뒤늦게 효도한다는 자세로 열심히 몸부림을 치
고 있기는 하지만, 아버지도 참······.

당신은 녹슬지 않기 위해 어떤 몸부림을 치고 있는가?
이름이 철이 아니라는 이유로 이미 몸부림을 포기했는가?

잎

나무의 옷.

나무는 추운 겨울에 옷을 벗는다.
옷을 벗어 땅을 덮어 준다.
땅속엔 그의 뿌리가 살고 있다.

나는 내 뿌리를 덮어 준 적이 없다.

내 옷을 벗어
엄마를 덮어 준 적이 없다.

덤

인생은 내가 땀 흘린 만큼 행복을 건네준다. 행복을 건네줄 때 행운도 조금씩 챙겨 준다. 그러니까 내가 땀 흘려야지! 하고 마음만 먹으면 행복은 물론 행운까지 덤으로 받을 수 있다.

단, 땀보다 큰 덤을 기대해서는 안 된다. 그건 상도에도 맞지 않고, 인생도 그런 밑지는 거래는 안 한다.

카메라 앞에선
왜 맨날 김치일까?

꽁치나 멸치는 어떤가?
망치나 충치는?
시금치, 팔꿈치, 고슴도치는?

**다르게!
낯설게!
나답게!**

담

담 너머엔 더 좋은 것이 있겠지. 그러니 바람도 담을 넘고 달빛도 담을 넘고 도둑도 담을 넘는 것이지. 나도 그들을 따라 담을 넘고 싶었지. 하지만 두 팔을 뻗어 담을 타고 넘으려면 지금 내 손에 들고 있는 꽤 좋은 것을 내려놓아야 하지.

나는 담 넘기를 포기했지. 더 좋은 것을 포기하고 꽤 좋은 것에 만족하기로 했지. 물론 후회는 없지. 담 너머엔 내가 들고 있는 꽤 좋은 것을 더 좋은 것이라 믿고, 내가 서 있는 쪽으로 담을 넘으려는 사람도 있을 테니까.

인생은,

동그라미 그리려다 미처 다 그리지 못하고 C에서 끝나는 것.
늘 조금 모자라고 늘 조금 못 미치는 것.
하지만 꽉 막힌 동그라미보다
한쪽이 탁 트인 C가 훨씬 시원해서 좋다고 말해 주는 것.
부족함을 미완성의 멋이라고 멋있게 우기면 그런 대로 멋있어지는 것.

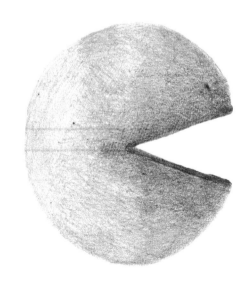

책

이 책의 냄새를 맡아 보세요.

그래요, 이 냄새. 이게 진짜 책 냄새예요. 책
에 코를 바짝 갖다 댄 게 혹시 오늘이 처음
아닌가요? 책 냄새야 당연히 알고 있다고
생각하지 않으셨나요? 머리가 생각해 온 냄
새와 코가 직접 맡은 냄새, 작지만 차이가
있었을 것입니다. 그 차이를 좁히려고 우리
는 책을 읽는 것이지요. 섣부른 확신과 성급
한 단정과 빈약한 근거와 그럴싸한 오해와
안타까운 무지에게 조용히 반성할 기회를
주려고 이렇게 책을 읽는 것이지요.

"너무 늦은 게 아닐까?"

"그래서 하려는 거야."

"너무 늦었는데도?"

"더 늦으면 영영 못 할 것 같으니까."

땅

나는 수평.
나는 수직.

너와 내가 만나 모음 오를 만든다.

오!
내가 땅 위에 서 있는 것만으로도
감탄사가 나올 만한 축복이다.

주저앉지 말아야지.

밥

홀로 먹는 밥은,
진수성찬일수록 외롭다.

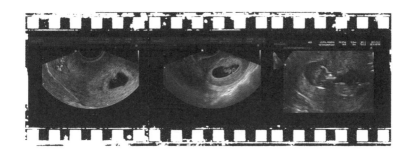

1. 기억력 테스트

당신은 지금 엄마 배 속에서 웅크리고 있다. 꼬박 열 달을 웅크리고 있다. 지루하고 답답한 시간을 잘 참아 내고 있다. 이제 끝나 간다. 당신은 이미 웃기 시작했고 엄마 아빠의 손길도 느낄 수 있다. 이때를 기억하는가?

2. 인내력 테스트

기억나지 않아도 좋다. 어쨌든 당신은 그 지루하고 답답한 시간을 잘 견디고 세상에 나왔다. 오늘이 지루한가? 내일이 답답한가? 앞이 보이지 않는 시간을 참는 건 태어나기 전부터 당신이 한 일이다. 또 하면 된다. 하겠는가?

**욕을 먹는다고 하는 건
소화시킬 수 있다는 뜻이다.**

**어떤 욕을 먹든
"야, 이 활명수 같은 놈아!"
라는 말로 듣고 소화시키면 내가 이긴다.**

흙

흙을 밟고 살아야 한다.

삶이 끝나면 흙으로 돌아가야 하는데 그때 흙이 내게 손을 내밀며
처음 뵙겠습니다, 하고 인사하면 죽을 만큼 외로울 테니까.
하지만 이미 죽어 버려 더 죽을 수도 없을 테니까.

쇠

쇠처럼 강한 사람이 되고 싶은가?

쇠를 녹이는 건 불.
불을 끄는 건 물.
물을 흡수하는 건 나무.
나무를 자르는 건 다시 쇠.

자연에도 인생에도
절대 강자는 없다.

강해져야 한다는 생각은 버리고
약해지지 않겠다는 생각만 붙들 것.

왕

바위에서 왕의 얼굴을 찾아낸 사람은
구름에서도 왕의 얼굴을 찾아내고
계란에서도 어김없이 왕의 얼굴을 찾아낸다.

우리 모두는
내 머릿속에 있는 것을 본다.

그는 아마,
역모를 꾸미고 있을 것이다.

초

불을 붙이지 않은 초가 백 년을 산다 해도 그건 산 게 아니다. 그의 나이는 여전히 0살이다. 초는 머리에 불을 붙여 촛불이 되는 순간부터 나이를 먹는다. 그것이 진짜 나이, 유효 수명이다.

사람도 인생에 뜨겁게 불을 붙이는 순간부터 유효 수명이 시작된다. 스물이고 서른인 척하며 길거리를 돌아다니는 사람들 중에는 사랑에, 사람에, 일에 한 번도 불을 붙여 본 적 없는, 나이 0살인 사람들이 적지 않다.

뇌

뇌 한가운데 새겨 둘 한마디.

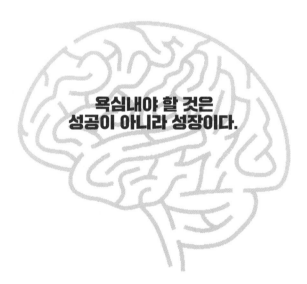

**욕심내야 할 것은
성공이 아니라 성장이다.**

밑

자서전의 정석.

밑바닥 끝까지 추락했다.

밑바탕 다지고 올라갔다.

살

다이어트, 왜 어려울까요?

날씬해지려니까 어려운 겁니다. 이제 더는 비키니 입은 날씬한 내 모습 상상하지 마세요. 오히려 지금보다 훨씬 살쪄 기막힌 내 모습을 상상하세요. 아니, 상상만 하지 말고 합성 사진을 만들어 냉장고에 붙이세요. 조용히 입맛이 떨어질 것입니다. 때론 최선의 결과가 아니라 최악의 상황을 떠올리는 것도 문제를 해결하는 방법이 됩니다.

외로운가.
축하한다.

이제 누구의 방해도 없다.
당신이 하고 싶었던 그 일을 하면 된다.

깜깜한가.
축하한다.

어둠은 별을 빛나게 한다.
오늘만 지나면 내일은 당신이 별이다.

D

D는 허리가 볼록.
B는 허리가 잘록.

당신이 닮고 싶은 알파벳은 B. 하지만 안타깝게도 당신의 현실은 D. D를 B로 바꾸는 방법은 없을까? 있다. D의 볼록 나온 배를 손가락으로 꾹 누르면 B가 된다. 무슨 뜻이냐고? 이런 뜻이다. D의 뱃살이 볼록한 이유는 그 속에 밤마다 마셔 대는 Drink, 동네 한 바퀴도 차 타고 다니는 Drive 같은 단어들이 가득 들어 있기 때문이다. 그것들만 꾹 눌러 없애도 D는 B가 될 수 있다. Beauty라는 아름다운 단어와 만날 수 있다. 어떤가, 꾹 누를 자신 있는가? 자신 없다면 마지막 방법을 사용하는 수밖에 없다. 그건 손가락으로 당신의 머리를 꾹 누르는 것이다. 볼록은 추하고 잘록은 아름답다는 생각을 눌러 없애는 것이다. 당신의 배를 미워하지 않는 것이다. 지금 그대로의 당신 모습을 온전히 사랑하는 것이다. 볼록한 배, 자주 보면 귀여운 구석도 있다.

둑을
쌓는 데
1년.

둑이 무너지는 데 1분.

1분 만에 1년이 날아갔지만
어떻게 쌓아야 무너지지 않는지 배웠다.

그럼 됐다.

몸

몸은 마음을 모시고 산다. 평생 껴안고 산다. 그러니까 마음이 흔들리는 건 마음을 껴안고 있는 몸이 먼저 흔들렸다는 얘기다. 한없이 게을러지거나 갑자기 짜증이 나거나 쉽게 싫증이 나거나 괜히 우울해진다면. 마음을 야단칠 게 아니라 몸을 먼저 추슬러야 한다.

몸이 마음이다.

침

침에는 소화 효소가 들어 있다.

남의 것에 자꾸 침 흘리는 사람은
소화 효소가 금세 다 닳아,
내게 주어진 것도 다 소화하지 못하고
결국 남에게 내주어야 한다.

꽉

지금 여기 책을 읽는 당신에게, 책장을 넘기며 가끔은 웃고 가끔은 어이 없어하고 가끔은 심각해하는 당신에게, 책을 편 채 딴생각을 하다가 어디 까지 읽었는지 몰라 앞뒤로 책장을 넘기기도 하는 당신에게, 이 글은 도 대체 무슨 얘기를 하려고 이렇게 뜸을 들이나 궁금해하는 당신에게, 이 한 페이지의 글에 인쇄된 많은 단어 중 결코 놓쳐서는 안 되는 단어, 책을 덮고 난 후에도 꽉 붙들고 살아야 할 귀한 단어 둘을 고르라고 하면 어떤 단어를 고르겠는가?
나라면 이렇게 고를 텐데.

당신이 도전하고 싶은 것을
도전하게 해 주는 무기는
열정밖에 없다.

당신이 도전하고 싶은 것을
도전하게 해 주는 열정은

당신 밖에는 없다.

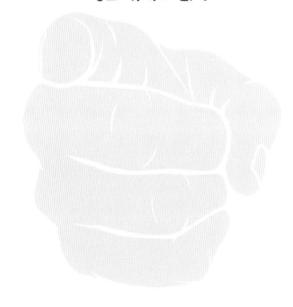

숨을 쉰다.

이보다 더 고맙고 귀한 말이 있을까?
과연 그런 말이 있는지 10초만 생각해 보라.

1,
2,
3,
4,
5,
6,
7,
8,
9,
10초.

10초 동안 당신이 한 일은 두 가지. 하나는 그런 말이 있는지 생각하는 일. 이건 별 소득이 없었을 것이다. 다른 하나는 살아 있음을 확인하는 일. 이건 제대로 했을 것이다. 세 번은 숨을 쉬었을 테니. 중요한 건 숨을 쉴 수 없는 이 책이, 당신의 옷이, 머리 위 천장이 그 짧은 시간에 당신을 세 번 부러워했다는 것. 사는 게 힘들 땐 한숨이라도 쉬며 살아 있어야 한다는 것.

고양이는 큰 몸집 덕분에
쥐를 잡을 수 있지만

또 그 큰 몸집 때문에
쥐구멍엔 따라 들어갈 수 없다.

내 무기가 내 발목을 잡을 수도 있다.

불

"불이야!"

세상에서 가장 무서운 말이다. 닥치는 대로 집어삼키는 불이 나를 삼키기 직전이라는 뜻이다. 그렇다면 가장 무섭지 않은 말은 무엇일까. 아무리 큰 소리로 외쳐도 듣는 사람은 하품만 나오는 말은 무엇일까.

"불이었다."

이미 재가 되어 들꽃 하나, 풀잎 하나도 삼킬 수 없다는 뜻이다. 그냥 아무것도 아니라는 뜻이다. 그런데 늘 과거를 사는 바보들은 나도 한때 불이었다는 말을 입에 달고 다니며 그것으로 사람들을 위협한다.

멋

멋을 내다.
멋이 나다.

어떤 게 더 멋질까.

억지로 멋을 내는 것보다
자연스럽게 멋이 나는 게 낫겠지.

멋이 나다, 의 승리.

그런데
멋이 나다, 의 깊은 뜻을 아는가?

멋은 남이 아니라 나라는 뜻.
가장 나다운 게 가장 멋지다는 말씀.

아무리 큰돈도
영을 곱하는 순간
다 사라지고 만다.

허영 앞에 큰돈은 없다.

각

원에게 삼각형과 사각형의 차이를 물으면 그냥 '둘 다 비슷하게 각진 얼굴'이라고 대답할 것이다. 삼각형과 사각형의 차이를 가장 잘 설명할 수 있는 건 오각형이다. 내 가까이에 있는 사람들이 나를 잘 안다. 그중에서도 내 가장 가까이에 있는 내가 나를 가장 잘 안다. 중요한 문제일수록 부모, 스승, 선배가 아니라 나에게 물어야 한다.

한번 알을 깨고 나온 새는
다시 알 속으로 들어갈 수 없다.

성장이란
더 넓은 세상에 홀로 놓인다는 뜻이다.
부딪쳐야 할 게 더 많아진다는 뜻이다.

조금 더 외로워진다는 뜻이다.

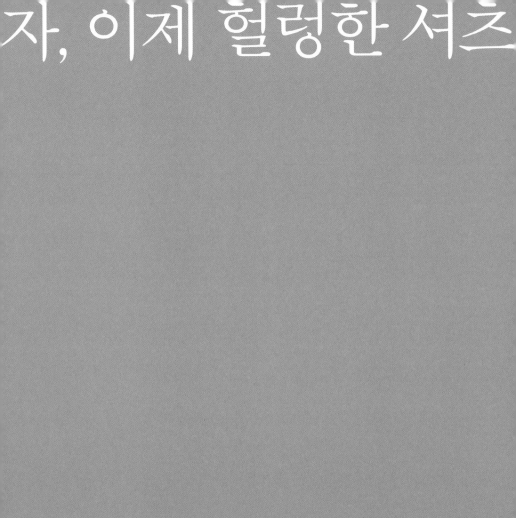

자, 이제 헐렁한 셔츠

를 입고

낮

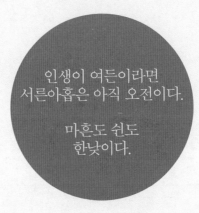

인생이 여든이라면
서른아홉은 아직 오전이다.

마흔도 쉰도
한낮이다.

더

더와 덜.

차이는 ㄹ 하나.
덜이 ㄹ 하나 남는 장사다.

길게 보면
손해로 끝나는 손해는 없다.

닭

"날지 못한다고 불쌍해하지 말게. 내 꿈은 가장 빨리 나는
새도, 가장 멀리 나는 새도, 가장 높이 나는 새도, 가장 멋
있게 나는 새도 아니었다네. 나는 사람과 가장 친한 새가
되고 싶었고 아주 조금씩 내 꿈에 다가가고 있다네."

간에 부담을 주지 않으려고 술 조심, 담배 조심, 과로 조심, 스트레스 조심. 이렇게 조심조심 사는 건 간을 무시하는 짓이다. 간은 이 모든 부담을 견디라고 있는 것이다. 너무 과한 조심과 보호는 실력을 발휘할 기회, 능력을 끌어낼 기회를 빼앗는다.

혀

하세요, 라는 뜻의 충청도 사투리.

혀를 사용할 땐 충청도 양반처럼 느리게 혀.
정말 이 말을 내뱉어도 되는지 한 번 더 생각혀.

짐

짐의 무게는

지고 가야 할 거리에 비례하고
내려놓을 때 얻는 기쁨에 반비례한다.

짐이 무거울수록
지고 가야 할 거리가 아니라
내려놓는 기쁨을 지고 가야 한다.

풀은 안다.
바람은 지나간다는 것을.

그래, 괜찮다.
잠시 휘청거려도 괜찮다.
뿌리만 흔들리지 않으면 다 괜찮다.

풀은 안다.
비는 멎는다는 것을.

그래, 괜찮다.
비와 눈물이 뒤섞여도 괜찮다.
뿌리만 떠내려가지 않으면 다 괜찮다.

너도 안다.

아픔은 지나간다는 것을.
슬픔은 멎는다는 것을.

뱀

어디까지 몸통이고 어디서부터 꼬리지?

제목은 뱀이지만
부제는 말입니다.

입이 하는 말도 너무 길면 뱀이 됩니다.

동그란 선.
모난 데 없는 선.
시작도 끝도 없는 선.
아무것도 채우지 않은 선.

긍정.
균형.
여유.
비움.

만 원짜리 지폐에는 없고
백 원짜리 동전에는 있는 선.

즐

슬럼프가 짐 싸 들고 당신을 찾아왔습니다. 같이 살자고 합니다. 당신은 슬럼프를 위아래로 노려보며 못마땅한 표정을 짓습니다. 어떻게든 슬럼프를 쫓아 버릴 궁리를 합니다. 그것을 극복이라고 표현합니다. 하지만 슬럼프의 입장에서 보면 당신의 그런 반응은 기가 찰 노릇입니다. 슬럼프라고 당신 같은 하자투성이와 붙어사는 게 즐겁겠습니까. 슬럼프도 지지리 운이 없어 당신 같은 사람이 걸린 것입니다. 그러니 표정 누그러뜨리고 순순히 옆자리를 내줘야 합니다. 헤어지려 발버둥 치지 않아도 때가 되면 스스로,

이라는 한 글자를 던지고 물러갈 것입니다. 슬럼프가 찾아오면 올 것이 왔구나 하면서 받아들이십시오. 슬럼프는 극복하는 게 아니라 누구나 한 동안 동거하는 것입니다.

집

지붕의 역할은

비를 막아 주는 게 아니라
빗소리를 다르게 들려주는 것.

집의 역할은

잠을 재워 주는 게 아니라
누워 꿈꿀 수 있게 해 주는 것.

덜

충전.

콘센트에 내 두 다리를 꽂고
하루 종일 길게 누워 있었으면 좋겠다.

덜 생각하고.
덜 움직이고.
덜 욕심내고.

채우는 게 아니라
비우는 게 충전.

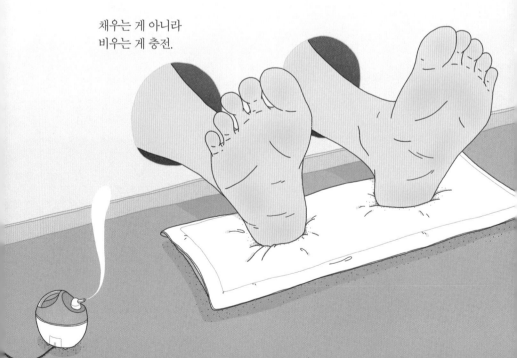

진주를 품은 조개는
함부로 입을 열지 않는다.

1에게 2를 보여 주며 말했다.
너도 이제 꼿꼿한 자세 버리고 2처럼 겸손해져야 하지 않겠니?

1은 불쾌했다. 최고에게 고개를 숙이라니. 그러나 주위 권유를 무시할 수
없어 딱 한 번만 자존심을 죽이기로 했다. 어색하고 어설픈 각도로 허리
와 고개를 꺾었다. 7이 되었다. 순간 6과 8이 따뜻하게 안아 줬다. 5와 9
도 손을 흔들며 반겨 줬다. 늘 혼자였던 1은 처음 알았다. 겸손이 외로움
치유법이라는 것을.

시선이 땅을 향하고 있으면
날개가 있어도 날아오르지 못한다.

길은
바라보는 쪽으로 열린다.

곱

그거 아세요?

곱빼기라는 말에는
빼기라는 단어가 들어 있다는 거.

욕심을 잘 뜯어보면
분명 뺄 것이 있다는 뜻이지요.

혹 늦으면 어쩌지? 조금 빨리 걸을까.
그러다 혹 너무 일찍 도착하면 또 어쩌지? 그냥 이대로 걸을까.
아니야, 늦는 것보다 조금 일찍 도착하는 게 낫지.
근데 혹 아무도 없는 곳에 나 홀로 앉아 있는 건 아닐까.
그땐 뭘 하지? 그래, 스마트폰.
근데 혹 자리에 앉자마자 배터리가 방전되면 어쩌지? 어쩌지?

혹은 혹이다.

너무 많은 생각과 가정과 우물과 쭈물은 머리 위에 주먹만 한 혹 하나를
붙이고 다니는 것과 같다. 그렇지 않아도 큰 당신의 얼굴이 주먹 하나만
큼 더 커진다는 뜻이다.
마음의 평화 같은 근사한 이유까지 갈 필요도 없다. 얼굴이 작아 보이기
위해서라도 인생의 군살인 혹을 떼야 한다.

문

문은 잠겨 있고
당신의 손엔 열쇠도 없다.

절망인가.
희망이다.

그래도 문이 있다는 것.

사람들의 키가 다 같았다면
나는 앞에 서고 너는 뒤에 서는
단체 사진이라는 것도 없었을 것이다.

무시해도 좋은 인생은 없다.

물

우리는 강물의 추락을 추락이라 하지 않는다. 폭포라는 힘찬 이름을 붙이고 황홀한 표정으로 그 장엄한 추락을 감상한다.

왜 그럴까?

추락하자마자 몸을 추스르고 다시 바다를 향해 움직일 거라 믿기 때문이다. 가야 할 곳이 어디인지 잊지 않는다면 한두 번의 추락은 걱정하지 않아도 된다.

쪽

서쪽이 동쪽을 도와주지 않았다면
동쪽은 그 많은 해를 마련할 수 없었을 것이다.

가장 큰 도움은
라이벌이 준다.

일찍 일어나는 새가 벌레를 잡는다.

하지만 당신은 새가 아니다. 벌레를 먹지 못한다. 너무 부지런히, 너무 열심히 살면 아침마다 벌레를 잔뜩 들고 이걸 어떻게 처치해야 하나, 고민만 쌓인다. 그러다 기어코 벌레를 먹는 최초의 인간이 되어 동물원에 갇힐 수도 있다. 무조건 부지런히, 무조건 열심히는 내 인생을 엉뚱한 방향으로 데려갈 수도 있다.

헐

이 책에 실린 글들은
현실과 다를 수 있습니다.

헐!

그렇다고 너무 어이없어하지는 마십시오.
이론과 실제가 달라 더 흥미로운 것이
우리 인생입니다.

팀

내 편에게 질 수 있어야

상대를 이길 수 있다.

백

바둑에서 백을 쥔 사람은 흑보다 늦게 두는 대신 여섯 집 반을 덤으로 받는다.

인생도 한 판의 바둑이다. 덤이 있다. 인생은 백을 쥔 사람에게 너는 늦게 출발했으니 앞선 사람들의 동선과 시행착오를 하나하나 다 살피며 걸어도 돼, 라고 말해 준다.

늦게 시작하는 공부, 늦게 시작하는 사업, 늦게 시작하는 사랑이 꼭 핸디캡은 아니다. 이세돌도 두 판에 한 판은 백을 쥐고 바둑을 둔다. 흑과 백의 승률은 비슷하다.

화를 내면
건강에 해롭다고 한다.

화를 참으면
속병이 된다고 한다.

어쩌라는 걸까.

그래, 웃으라는 거겠지.
어이없어 웃는 웃음도 웃음이니까.

화 대신 하,
하하하 웃으며 화를 덮는다.

병

누가 한 글자 이름을 붙인 거야?
내가 의사도 아니고, 뭘 알아야 글을 쓰지.

안 쓰면 되잖아.

연필을 들면 글을 써야 한다는 생각도 병.

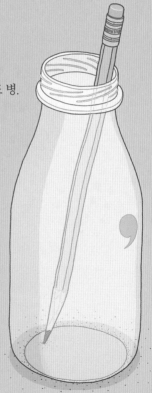

꼭

꼭 마셔야 하는 자리.
꼭 읽어야 할 책.
꼭 만나야 하는 사람.

없다.
없다.
없다.

꼭이라는 말 하나만 치우면
경직과 부담이 사라져
인생이 훨씬 여유롭고 헐렁해진다.

꼭이라는 말에 끌려다니는
꼭두각시는 되지 말라는 얘기,

꼭 기억하지 말고
웬만하면 기억해 두시길.

금

열아홉은 금이다.
인생에서 가장 빛나는 나이다.

공부나 성적 따위가
그 빛을 가릴 수는 없다.

특별한
사람은 없다.

특별한
삶이 있을 뿐.

아니,

특별한
삶도 없다.

특별한
오늘이 있을 뿐.

흉

별도 똥을 싼다.

하지만 사람들은 이를 흉보지 않고
별똥별이라는 아름다운 이름을 붙여 준다.

염려.
배려.
격려.

사람들은 참 따뜻하다.
사람들에는 당신도 포함된다.

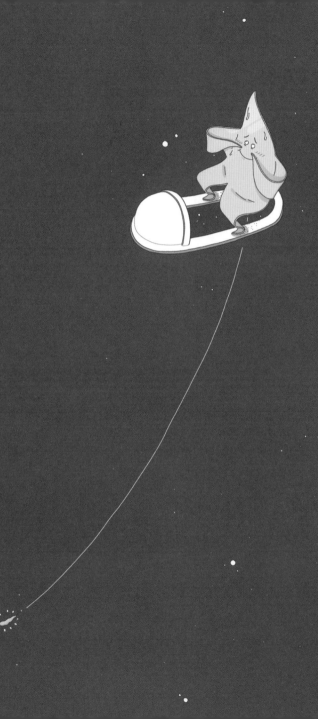

법

아는 척하다 들통 나서 온 동네 창피 사는 법.
위로하고 충고한다며 지적질하다 사람을 잃는 법.
핵심을 강조하려다 오히려 핵심을 놓치는 법.

간단하다.

말을 많이 한다.

들은 산을 만날 때까지만 들이다.
세상 끝까지 굴곡 없이 가는 들은 없다.

들도 그렇지만
우리들도 그렇다.

창

창을 너무 깨끗이 닦으면
창이 보이지 않는다.

바람이 들어오려다
부딪혀 나자빠지고 만다.

약간의 흠.
약간의 틈.

누군가의 눈으로
누군가의 마음으로
당신이 들어가는 방법.

발톱보다 손톱이 빨리 자란다.
발톱보다 손톱이 일찍 잘린다.

빨리 자란다.
일찍 잘린다.

빨리 달린다.
일찍 지친다.

빨리 올라간다.
일찍 내려온다.

자꾸 까먹는 인생의 룰.

비

하늘은 마른 땅을 촉촉이 젖게 해 주려고 비를 내려보낸다. 출발 직전 한 방울 한 방울에게 도착할 지점을 알려 준다. 온 땅이 고루 젖을 수 있도록 섬세하게 조율한 후에 낙하시킨다. 그러나 목표한 곳으로 떨어지는 빗방울은 없다. 자신의 의지와 관계없이 바람이 데려다주는 낯선 곳에 떨어진다.

그래서 땅에 큰 혼란이 일어나는가? 아니다. 괜찮다. 목표에 떨어지는 빗방울 하나 없어도 땅은 고루 젖게 되어 있다. 바람이 닿지 않는 곳은 없다. 한 지점을 정해 놓고 그곳에 닿지 않으면 큰일 날 것처럼 아등바등 살 필요는 없다. 온몸을 바람에 맡기고 사는 인생도 그리 나쁘지 않다.

인생 식당에선 누구에게나 석 장의 표.

먼저 차림표.

수많은 메뉴들이 적혀 있지만 다 시킬 수도 다 먹을 수도 없다. 내 입맛에 맞고 내 호주머니가 허락하는 딱 하나를 골라 주문해야 한다. 인생 식당에는 양념 반 프라이드 반 같은 메뉴는 없다. 곱빼기도 없다. 누구나 하나의 메뉴, 누구나 한 그릇. 욕심은 냅킨 곁에 조용히 내려놓아야 한다.

다음은 쉼표.

아무리 맛있는 음식도 급히 먹으면 체한다. 가끔은 젓가락을 멈추고 물 한 모금 마시며 쉬어 갈 줄도 알아야 한다. 그래야 내게 주어진 한 그릇을 잘 소화시키며 바닥까지 남김없이 비울 수 있다. 누구나 밥 한 끼 뚝딱 먹고 나와야 하는 인생 식당. 음식도 후회도 미련도 남겨서는 안 된다.

마지막으로 별표.

다 먹은 후에도 너무 서둘러 일어나서는 안 된다. 그냥 나가지 말고 내가 느낀 맛을 꼼꼼하게 기록으로 남겨야 한다. 눈에 잘 띄게 별표도 해 두어야 한다. 내가 떠난 그 자리에 누군가 다시 앉는다. 내가 남긴 기록이 그에게 작은 도움이 될 수 있도록 오지랖 넓은 배려를 하고 나와야 한다.

운

지금 하는 일
많이 힘드세요?

그렇다면 당신은 운이 좋은 편입니다.

정말 견디기 힘든 일은
아무 일도 하지 않는 일입니다.

앗

앗!이라는 한 글자를 어떻게 풀까 고민하다 보면
앗! 소리 나는 멋진 생각이 어느 순간 떠올라
앗! 하는 감탄사가 당신의 입에서 나올 줄 알았는데
앗! 이게 뭔가. 아무 생각도 나지 않는다.
앗! 그럼 지금 나는 무슨 얘기를 하고 있는 거지?
앗! 여기저기서 혀 차는 소리가 들리기 시작한다.
앗! 너라는 놈도 별수 없구나 하는 소리도 들린다.
앗! 나는 당신에게 안도감을 심어 주고 말았다.
앗! 나는 당신에게 자신감을 심어 주고 말았다.
앗! 그렇다면 이 글도 제 할 일을 다 한 게 아닌가.

위 사람은 평소 품행이 방정하고 근면 성실하며 모든 일에 솔선수범하여 타의 모범이 되었으므로 이 상장을 수여함.

우리 곁에 이런 사람이 있을까. 이런 상장 받고도 얼굴 빨개지지 않을 타의 모범이 정말 있을까. 이제 상장에서 품행, 방정, 근면, 성실, 솔선수범 같은 무거운 한자어 훌훌 털어 버리고 어깨 툭 치듯 이렇게 가볍게 쓰면 안 될까.

너, 멋졌어!

열

열 받는다.

내가 받은 열이 정말 열이 맞는지,
혹시 아홉이나 열하나는 아닌지,
하나에서 열까지 찬찬히 세어 본다.

열을 세는 동안 열이 누그러진다.

끝

이 책의 맨 마지막 한 글자는 끝일 거야, 라고 추리하신 분들께
벅찬 기쁨을 드리고자
끝이라는 글로 끝을 맺습니다.
하지만 끝은 시작입니다.

당신은 다른 책을 시작하고.
나는 다음 책을 시작하고.

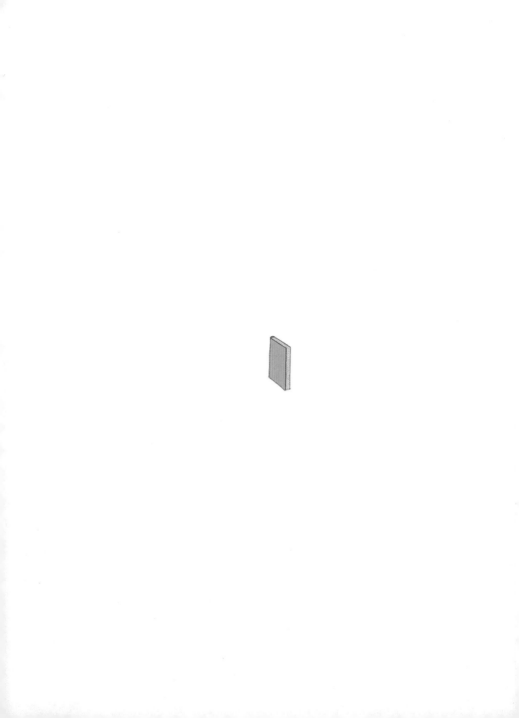